LES REBELLES DE N'HARANGHO

SÉRIE « SF Jimmy GUIEU »

Déjà parus

N° 1 — Au-delà de l'infini
N° 2 — Les monstres du néant
N° 3 — L'invasion de la Terre
N° 4 — Les Êtres de feu
N° 5 — Hantise sur le monde
N° 6 — Convulsions solaires
N° 7 — L'Univers vivant
N° 8 — Réseau dinosaure
N° 9 — La Dimension X
N° 10 — Chasseurs d'hommes
N° 11 — La spirale du temps
N° 12 — Nous les Martiens
N° 13 — Le monde oublié
N° 14 — Mission « T »
N° 15 — L'homme de l'espace
N° 16 — L'Ère des Biocybs
N° 17 — Opération Aphrodite
N° 18 — Expérimental X-35
N° 19 — Commandos de l'espace
N° 20 — Planète en péril
N° 21 — L'Agonie du verre
N° 22 — Univers parallèles
N° 23 — La Grande Épouvante
N° 24 — Nos Ancêtres de l'Avenir
N° 25 — L'Invisible Alliance
N° 26 — Prisonniers du Passé
N° 27 — Piège dans l'espace
N° 28 — Les Portes de Thulé
N° 29 — Le Secret des Tshengz
N° 30 — Refuge cosmique
N° 31 — Demain l'apocalypse
N° 32 — Les Destructeurs
N° 33 — Les Forbans de l'Espace
N° 34 — La mort de la Vie
N° 35 — Joklun-N'Ghar la maudite
N° 36 — Le Règne des Mutants
N° 37 — Traquenard sur Kenndor
N° 38 — Cité Noé N° 2
N° 39 — Le Grand Mythe
N° 40 — Les Orgues de Satan
N° 41 — Expédition cosmique
N° 42 — Les Cristaux de Capella
N° 43 — Les Maîtres de la Galaxie
N° 44 — Opération Ozma
N° 45 — Les Rescapés du néant
N° 46 — L'Exilé de Xantar
N° 47 — L'Age noir de la Terre
N° 48 — Le Retour des dieux
N° 49 — Les pièges de Koondra
N° 50 — Les Sept sceaux du Cosmos
N° 51 — Les fugitifs de Zwolna
N° 52 — La terreur invisible
N° 53 — Le chevalier de Boongoha
N° 54 — L'ordre vert
N° 55 — Le triangle de la mort
N° 56 — Créatures des neiges
N° 57 — La force sans visage
N° 58 — La colonie perdue
N° 59 — Plan catapulte
N° 60 — La voix qui venait d'ailleurs
N° 61 — La charnière du temps
N° 62 — Les Légions de Bartzouk
N° 63 — Enjeu cosmique
N° 64 — La mission effacée
N° 65 — Opération Neptune
N° 66 — Les germes du chaos
N° 67 — Les veilleurs de Poséidon
N° 68 — Le Maître du temps
N° 69 — Manipulation Psi
N° 70 — Les Krolls de Vorlna
N° 71 — La stase achronique
N° 72 — Oniria
N° 73 — La lumière de Thot
N° 74 — Les yeux de l'épouvante
N° 75 — La clé du Mandala
N° 76 — Hiéroush la planète promise
N° 77 — Le rayon du cube
N° 78 — Les sphères de Rapa-Nui
N° 79 — La caverne du futur.
N° 80 — Projet King.
N° 81 — Trafic interstellaire.
N° 82 — L'arche du temps.
N° 83 — Les fils du Serpent.
N° 84 — Le pionnier de l'atome.
N° 85 — Échec aux Végans.
N° 86 — Spoutnik VII a disparu.
N° 87 — Magie rouge.

science fiction SF

JIMMY GUIEU

Grand Prix du Roman Science-Fiction 1954
Prix du Roman Esotérique 1969
Grand Prix du Roman S.F. Claude Auvray 1973

LES REBELLES DE N'HARANGHO

en collaboration
avec Philippe Randa

VAUGIRARD

Coordination : Raymond Audemard

Illustration de couverture : Jean-Louis Morelle

ISBN : 2-285-00813-9
ISSN 0-242-3715

CHAPITRE PREMIER

La décélération brutale du petit astronef de tourisme qu'il avait loué jeta Andy Sherwood au bas de la couchette de relaxation ; sa chute entraîna celle de la jeune femme qu'il tenait dans ses bras. Il jura, tandis qu'elle poussait un petit cri de frayeur. Ils se retrouvèrent l'un et l'autre sur le plancher rugueux de la cabine, Sherwood sur le dos et Anand'ha affalée sur lui.

L'éclairage s'était arrêté en même temps et ce fut dans une complète pénombre qu'ils se relevèrent.

— Que se passe-t-il ? demanda-t-elle, tout en se pressant peureusement contre lui.

— J'suis sûr que cette foutue saleté de foutu transmetteur fait encore des siennes.

Sherwood rajusta son justaucorps *Miss Man* en tissu léger vert foncé et chaussa ses bottines avant de se diriger vers la porte de la cabine.

— Mais les moteurs sont en panne ! couina Anand'ha.

— Belle perspicacité, chérie !

Il laissa la porte de la cabine ouverte ; elle le suivit en courant, raflant au passage ses chaussures rouges, mais sans songer à reboutonner son corsage.

— Attends-moi !

— Où veux-tu que j'aille ?

Sherwood s'installa devant le tableau de bord et commença à pianoter certaines touches, au seul éclairage de trois voyants rouge, jaune, vert. Aucune commande ne répondait et il recommença à jurer.

Derrière lui, Anand'ha scrutait l'écran du télévisionneur où elle pouvait contempler l'espace vide.

— Personne ne sait qu'on est là ! s'affola-t-elle. Il faut lancer un appel.

— Si c'est le transmetteur, je peux réparer.

— Mais il faudra sortir de l'astronef ?

— Eh bien, je sortirai, tiens !... Fais-moi un café.

— Mais je ne vois rien.

— Débrouille-toi !

Au ton de Sherwood, Anand'ha comprit qu'il valait mieux éviter d'insister et trouver du café, malgré l'obscurité. Ce n'est d'ailleurs pas tant qu'il avait soif, mais elle l'horripilait avec son affolement. Et ce n'était pas le moment !

D'autant — il en avait la certitude — que les problèmes venaient bien du transmetteur. Il avait déjà connu ce genre d'avarie et savait comment y remédier. A condition, bien évidemment, qu'il y en ait un second en réserve.

L'astronef dérivait lentement, sous l'influence d'une « aberration gravitationnelle ». Il tira une première manette, une seconde, chercha sous le tableau de bord un bouton qu'il enfonça. Aussitôt, la lumière revint dans la cabine et Anand'ha poussa un petit cri de surprise.

— C'est réparé ? s'exclama-t-elle joyeusement.

— Non, malheureusement, je suis seulement passé sur le circuit d'énergie de secours. Cela va nous assurer environ dix minutes d'autonomie. Il faudra que j'aie fini à ce moment-là.

Il ouvrit un placard mural. Un transmetteur de réserve s'y trouvait, isolé dans un caisson étanche. Andy poussa un soupir, le tira au milieu de l'étroite cabine et préleva encore une combinaison de sortie dans l'espace avec ses réserves d'oxygène.

— Pendant que je serai dehors, tu vas m'attendre gentiment sans toucher à rien... OK, jolie fleur ?

— Tu sais bien que je ne sais pas piloter.

— Ah ça, les femmes au volant !

Anand'ha sourit de cette vieille expression datant de Mathusalem — ou presque ! —, même si elle en ignorait l'origine. Tandis qu'Andy Sherwood endossait la combinaison de sortie, elle s'approcha et l'embrassa.

— Tu vas en avoir pour longtemps ?

— Une dizaine de minutes... Oh, c'est quoi ça ?

Il laissa tomber la combinaison et fila devant le télévisionneur sur lequel venait d'apparaître un astéroïde mort. Il calcula sa distance, émit un sifflement heureux et expliqua à voix haute :

— Super ! On va se poser. Ce sera plus facile pour réparer.

Il relança les moteurs en manuel et moins de trois minutes plus tard, la nef de tourisme se posait sur l'astéroïde. Lorsqu'il coupa les moteurs, Sherwood jeta un coup d'œil à la jauge. Sur le circuit de secours, il restait à peine trois minutes d'énergie.

— Extinction des feux ! annonça-t-il en fermant le circuit d'éclairage intérieur.

La cabine de pilotage sombra à nouveau dans l'obscurité. Andy Sherwood continua de supprimer tous les circuits secondaires.

— J'économise autant que possible. Je ne vais garder que le strict minimum. Voilà !

Sherwood s'apprêtait à quitter son siège en sifflotant un petit air guilleret, mais à peine s'était-il dressé qu'il retomba.

— Qu'est-ce que c'est encore, ce truc-là ?

Sur un écran à gauche du télévisionneur, un point rouge clignotait.

— Un vaisseau en balade dans le secteur ! expliqua-t-il à Anand'ha avant qu'elle ne l'interroge.

— On pourrait lui demander de l'aide, suggéra-t-elle.

— Pas la peine, je te dis que je peux réparer.

Sherwood bascula le téléradar optique ; sur le télévisionneur apparut soudain le vaisseau « en balade ».

— Tiens, c'est *La Mandragore* !

— Tu connais ce vaisseau ? s'étonna-t-elle.

— Un peu ! Il appartient à la B and B, C°.

— La B and B, C° ?

— La Blade et Baker Import-Export Company dont je suis un éminent associé, fit-il avec un air faussement modeste.

— C'est formidable, il va pouvoir nous dépanner.

Sherwood s'énerva :

— Je te dis que je vais réparer ! Pas besoin de demander d'aide à personne !

— Mais...

— Suffit, la Fleur ! ponctua-t-il d'une tape sur la fesse droite d'Anand'ha qui n'osa pas insister, mais qui ne trouvait pas drôle du tout l'obstination puérile de Sherwood.

D'autant que l'obscurité revenue dans la cabine de pilotage l'angoissait.

— Alors, tu vas réparer ?

— Attends ! Je crois que mon vaisseau a des ennuis.

En effet, sur l'écran du télévisionneur, on voyait nettement *La Mandragore* se mettre à tanguer... Sherwood rétablit un nouveau circuit intérieur et un cadran lumineux s'alluma.

Anand'ha ne comprenait rien, mais sentait son angoisse augmenter de seconde en seconde.

— Mais qu'est-ce qui se passe ? pleurnicha-t-elle.

— Je ne sais pas... *La Mandrag'* est entrée dans un champ de courants spatiaux et au lieu de chercher à s'en sortir, on dirait que le commandant de bord fonce dedans, de toute la puissance de ses générateurs... Bon, enfin, je verrai ça plus tard, faut quand même que je pense à nous réparer, moi !

Il se leva. Bien qu'Anand'ha ne puisse voir sa tête, elle devina que son compagnon était inquiet.

Non pas de leur propre panne, mais de ce qui arrivait au vaisseau de sa compagnie.

*
* *

— Tu connais le système surnommé la Queue de Gorbal ?

— Du tout, répondit Baker.

— Tu sais tout de même où elle se situe ?

— Au-delà de Gorbal, je pense.

Blade ricana :

— Et un de mieux pour La Palice !

— Au-delà de Gorbal, en direction d'Alxanbaran et de Xhïoron, soupira d'un ton professoral Andy Sherwood. Un secteur sans intérêt pour la Confédération... Ni planètes riches en matières premières, ni populations humaines ou humanoïdes susceptibles de fournir des ressources économiques ou le moindre attrait touristique. La zone, quoi !

— C'est effectivement un secteur à l'écart de toutes les grandes voies de navigation, autant commerciales que militaires, confirma Red Owens, pacha du *Maraudeur*.

Les quatre amis étaient installés pour déjeuner autour d'une table déjà copieusement garnie en victuailles et boissons diverses de *Chez Bar'jalki*, le meilleur restaurant de la ville d'El'hiaxorni.

Dès son retour sur la planète, Andy avait battu le rappel de ses associés pour leur apprendre ce qu'il avait vu.

— Seuls quelques courriers empruntent parfois les itinéraires 707 B et 709 K qui le traversent, ainsi que les caboteurs des itinérants, poursuivit Owens. En moins de quatre heures, ils franchissent cette zone et, jusqu'à présent, aucun commandant de bord n'a jamais signalé la moindre anomalie.

— Eh bien, cela vient de se produire ! ponctua Sherwood qui entreprit de leur raconter sa panne avec la nef de tourisme qu'il avait louée pour aller conter fleurette à une dame dans l'espace et lui faire connaître toutes les émotions fortes dont il était capable en tant que pilote... et surtout en tant qu'homme !

— Comme il n'y avait plus de jus à bord et que je dérivais comme un vulgaire caillou, je pense que les radars de bord de *La Mandragore* ne m'ont pas repéré. Ça s'est peut-être joué à quelques secondes près...

— Donc, le commandant de bord de *La Mandragore* ne t'a pas remarqué sur ton astéroïde, intervint Blade, et si j'ai bien compris ce que tu m'as expliqué en venant, tu l'as vu s'enfoncer, d'après toi dé-li-bé-ré-ment, dans un champ de courants spatiaux ?

— Oui, monsieur ! Et avant de vous réunir, j'ai pris mes renseignements. La Queue de Gorbal est un carrefour de courants spatiaux très dangereux, certains atteignant l'intensité Béka 9. Il n'y a pas de couloirs connus praticables. En moins d'une minute, *La Mandragore* s'est enfoncée au milieu d'un remous particulièrement violent.

— Une erreur de manœuvre.

— Je vous dis que non ! Et puis, c'est impossible en commande automatique.

— Les instruments de bord ont pu se dérégler.

— Et si ma tante... Non, rien ne s'est déréglé car *La Mandragore* s'est tirée d'affaire et a fait escale sur El'hiaxorni comme prévu. Le rafiot est d'ailleurs toujours ici, j'ai vérifié il y a moins d'une heure auprès de la tour de contrôle. J'ai un copain qui y bosse. Il a examiné le rapport du commandant de bord : celui-ci n'a signalé aucune difficulté de vol.

Baker eut une moue :

— Le commandant de bord peut connaître un couloir au-delà du remous, dans lequel il s'est enfoncé. Il suffit alors peut-être d'une manœuvre délicate, réalisable par un bon pilote.

— Ouais, grogna Sherwood... Et c'est seulement pour prendre son pied avec un risque inutile que le commandant de *La Mandragore* a effectué un détour de près de vingt-quatre heures ? Car c'est jeudi qu'il a fait escale sur El'hiaxorni et pas mercredi comme il aurait dû, ça aussi papa Sherwood a vérifié.

Il porta son verre à ses lèvres et but une longue gorgée.

— Le mieux, conclut Baker, est encore d'aller

faire un petit tour sur El'hiaxorni et d'interroger son commandant de bord. C'est Mel Simpson, un Lorgranien, je crois ?

Red Owens confirma. Des quatre, c'est lui qui le connaissait le mieux. Il l'avait fait engager par la Blade and Baker, C° un an auparavant et celle-ci n'avait jamais eu à s'en plaindre.

— S'il ferait des trucs pas clairs, vous croyez tout de même pas qu'il va nous les raconter ? s'offusqua Sherwood.

— S'il *faisait*, Andy, et pas s'il ferait ! le reprit Owens.

— Ça change pas le problème : s'il faisait des trucs pas clairs, ce n'est pas en allant lui mettre la puce à l'oreille qu'on les découvrira.

— Que proposes-tu, dans ce cas ?

— Mener une enquête en douce. Je veux bien m'en charger. *La Mandragore* est sur son aire de stationnement pour plusieurs jours. Ça ne devrait pas être bien difficile de faire parler un des cosmonavigateurs. Surtout si on lui allonge de la monnaie.

Blade admit le principe :

— OK, Sherlock Holmes, mène ton enquête et dès que tu auras découvert le pot aux roses — si pot aux roses il y a —, nous agirons en conséquence.

— Vous ne me croyez pas ? s'énerva Sherwood.

— Mais si ! le calma Baker. Mais avant d'accuser Mel Simpson de quelque chose, encore faudrait-il avoir des preuves tangibles, puisque tu ne veux pas que nous allions tout simplement l'interroger.

Sherwood, vexé de ne pas emporter chez ses amis une plus franche adhésion à ses certitudes, leva un doigt sentencieux au-dessus de son assiette et assura :

— Eh bien, des preuves, je vais vous en ramener un paquet. Ça vous occupera !

*
* *

El'hiaxorni, vingt-sixième heure de la journée.

Les lumières de l'astroport illuminaient les coques des centaines de vaisseaux stationnés en attente de départ, de réparation ou de révision. La tour de contrôle, majestueuse, dominait nettement tous les autres bâtiments, immenses hangars, impersonnelles constructions grises, qui ceinturaient les pistes d'atterrissage.

Andy Sherwood rendit visite au responsable du vaste complexe des communications interstellaires de l'astroport, puis sauta sur un trottoir roulant en direction de la sortie.

Son ami ne lui avait pas apporté de nouvelles informations sur *La Mandragore* et son commandant de bord, mais lui avait dressé la liste des tavernes et cabarets où se retrouvaient en général les équipages des vaisseaux de commerce.

Chaque planète de la Confédération possédait un périmètre bien défini, aux alentours du spatioport, où étaient regroupés tous les lieux de plaisirs, même les plus sulfureux.

El'hiaxorni n'échappait pas à la règle et Sherwood, sitôt hors de l'enceinte spatioportuaire, trouva sans peine les premières rues où s'échelonnaient les établissements aux enseignes lumineuses les plus agressives : *Le Chat amoureux, Le Stella-Love, Le Sexe-en-folie...*

Son ami el'hiaxornien lui avait conseillé de se rendre en premier lieu dans une taverne de la rue des Voyageurs-Fous : *Chez Lianor.* On y trouvait les meilleurs alcools de toute la Confédération et c'était l'un des trois endroits où il ne pourrait manquer de rencontrer des cosmonavigateurs de *La Mandragore.*

Toujours grâce à son ami et aux fiches d'identité des services de sécurité de l'astroport, Sherwood connaissait les noms et visages de tout l'équipage recruté par Mel Simpson. Il était certain de repérer au premier coup d'œil celui qui entrerait dans son champ de vision.

Il poussa la porte de *Chez Lianor* au moment où deux armoires à glace éjectaient, coup de pied aux fesses en prime, un ivrogne. Hurlement, vol plané et atterrissage au beau milieu de la rue. L'homme se releva péniblement et se mit à injurier ses bourreaux dans un charabia incompréhensible. Sans être grand clerc, on devinait qu'il n'appréciait visiblement pas cette façon de traiter la clientèle.

Sherwood se faufila entre les hercules, traversa un petit hall aux murs capitonnés de tissu rouge, pénétra dans une salle archicomble où le brouhaha était infernal. Il se fraya un passage jusqu'au bar, joua des coudes pour se tailler quinze centimètres et demi d'espace vital au comptoir et héla une serveuse qui promenait sa généreuse poitrine comprimée dans un boléro prêt à craquer :

— Un whisky salmidornien, ma beauté !

Le compliment laissa l'intéressée de marbre, mais avec une adresse héritée de plusieurs années d'entraînement, quelques secondes plus tard, elle déposa le verre demandé devant Sherwood et rafla dans le même mouvement le billet qu'il lui tendait.

Tout en défendant avec obstination le petit bout de bar qu'il avait réussi à gagner de haute lutte, Sherwood commença à siroter son scotch, cherchant dans la salle un des visages qu'il avait mémorisé moins d'une heure auparavant.

Il examinait ainsi les clients, en promenant un regard panoramique sur la salle, quand éclata une bagarre à une table toute proche de lui. Un homme en avait empoigné un autre par un bras et le secouait comme un prunier, tandis que l'autre lui décochait des coups de poing qui ne rencontraient chaque fois que le vide.

Les consommateurs autour d'eux, malgré le manque de place, s'écartèrent et créèrent ainsi un espace libre dans lequel, brusquement, surgirent les deux malabars qui avaient si peu courtoisement reconduit l'ivrogne jusqu'à la rue au moment où Sherwood entrait.

Les videurs frappèrent sans discernement les pugilistes. L'un récolta un direct à l'estomac, l'autre un coup de poing-massue au sommet du crâne. Réunis dans la même douleur, les adversaires s'écroulèrent, le premier à genoux en se tenant le ventre à deux mains, le second au beau milieu de la table, faisant voler autour de lui la bouteille et les verres...

Les malabars les empoignèrent avec un bel ensemble, comme dans un mouvement de ballet et, suivant une technique qu'ils devaient mettre en pratique plusieurs dizaines de fois au cours de leur service, entreprirent de les sortir de l'établissement.

Pour cela, ils passèrent devant Sherwood qui sursauta en reconnaissant le plus petit des deux pugilistes : un des membres de l'équipage de *La Mandragore* !

Sherwood siffla le fond de son verre et quitta ses quinze centimètres et demi de comptoir pour la plus grande joie de son voisin qui prit ainsi ses aises, le temps d'être à son tour brutalement repoussé par un nouveau client assoiffé... et se fraya comme précédemment, mais à rebours, un chemin jusqu'à la sortie de *Chez Lianor*.

Dans la rue, il retrouva les deux clients qui, après s'être relevés, s'empoignaient à nouveau comme des forcenés. Belle occasion d'intervenir en faveur du « cosmataf » de *La Mandragore*. Il se précipita, saisit l'adversaire de ce dernier par une épaule et lui décocha un uppercut mémorable !

L'homme s'envola et son adversaire en resta tout ébahi. Il regarda Sherwood qui, un large sourire aux lèvres, indiqua :

— Tu vois, bonhomme, un seul coup, mais donné comme il faut !

Effectivement, l'homme qu'il venait de frapper restait au sol, les bras en croix.

— Foi d'Axrlan, voilà une belle technique... hips !

Axrlan, puisque tel était son nom, possédait déjà un taux d'alcoolémie rien moins que raisonnable. Sherwood lui proposa néanmoins d'aller « s'en jeter un » dans un établissement plus accueillant que *Chez Lianor* et Axrlan accepta avec enthousiasme.

Ils échouèrent dans un bar à l'ambiance beaucoup plus tranquille et s'installèrent en fond de salle. Axrlan était un petit homme rond, au crâne plus sel que poivre et « orné » d'une énorme verrue. Dans la catégorie play-boy, il pouvait difficilement concourir.

Dans la catégorie alcoolo, en revanche, c'était un champion. Il commanda d'autorité une bouteille de vin d'Exlurdap, un des plus forts en alcool, et englouti coup sur coup deux verres, tandis que Sherwood trempait à peine ses lèvres dans le breuvage.

Axrlan se mit en tête de lui expliquer en quoi son adversaire de *Chez Lianor* était un voyou. Sherwood fit tout d'abord semblant de l'écouter avec attention, puis dirigea habilement la conversation sur le métier d'Axrlan. Ce dernier raconta la vie à bord de *La Mandragore* sans omettre les détails les plus farfelus. Sherwood se jeta à l'eau en indiquant d'un ton qu'il voulut rendre le plus naturel possible :

— Je connais Mel Simpson, ton commandant de bord. Et je suis aussi au courant de ses petits trafics.

Ce qui était un mensonge, mais Sherwood savait que prêcher le faux pour savoir le vrai est une tactique qui a fait ses preuves.

Axrlan éclata de rire et comme il avait précédemment indiqué qu'il n'était engagé dans l'équipage de *La Mandragore* que depuis un mois, Sherwood prit le risque de bluffer :

— Je sais, puisque je ne t'avais jamais vu à bord quand j'y étais.

— T'as bossé à bord de *La Mandrag'* ? s'étonna Axrlan.

— Sûr ! Même que c'est moi qui pilotait l'astronef à travers les « aberrations gravitationnelles » de la Queue de Gorbal.

Axrlan fronça les sourcils. D'évidence, il avait du mal à coordonner toutes ses pensées.

— Mais, alors... J'croyais que personne avait jamais quitté l'équipage de Simpson ?

— C'est la règle, confirma Sherwood d'un ton convaincu.

— Que tous les mecs qui veulent se barrer sont éliminés ? poursuivit Axrlan dans ses vapeurs éthyliques.

— Moi, c'est différent.

— Alors, t'es au courant de ce qu'on transporte ? s'étonna le matelot après un long hoquet.

— Qu'est-ce que tu crois ?...

Et d'un ton toujours aussi « l'air de rien », Sherwood s'enquit :

— A votre dernier voyage, qu'est-ce que vous avez transporté ?

— Sur N'harangho ? Du maté...

Brusquement, Axrlan se dressa en faisant tomber d'un revers de la main son verre de vin dont le contenu éclaboussa le justaucorps de Sherwood...

— Hé, qu'est-ce que tu m'demandes, toi ?

Il piocha dans sa poche une poignée de pièces qu'il laissa tomber sur leur table.

— Assieds-toi, tenta de le calmer Sherwood... Qu'est-ce qui te prend ?

— Faut que j'rentre, j'ai assez bu !

Axrlan pivota et fonça vers la sortie d'une démarche lourde et chancelante... Il bouscula à deux reprises des clients qui avaient le malheur de croiser sa route et sortit du bar avant que Sherwood ne l'ait rattrapé !

Arrivé dans la rue, Sherwood chercha Axrlan et le vit se diriger précipitamment vers l'astroport. Du moins aussi rapidement que lui permettait son équilibre... précaire. Sherwood allait se lancer derrière lui quand le ciel lui tomba sur le crâne. Il tomba à genoux, parvenant à garder sa lucidité malgré la douleur effrayante, et se sentit soulevé par deux hommes qui le portèrent jusqu'à une petite ruelle sombre.

Il tenta d'échapper à leur prise, mais en vain, un des inconnus lui asséna un nouveau coup sur le crâne et, cette fois, il perdit définitivement conscience.

*
* *

Fou de rage, Andy Sherwood ne pouvait tenir en place. Il marchait devant ses amis, dans le carré des officiers du *Maraudeur.*

— Bon, résuma Ronny Blade. Et quand tu as refait surface, tu n'avais ni argent, ni pistolaser sur toi.

— Plus rien ! fulmina Sherwood. Mais ce qui me met hors de moi, c'est que vous semblez croire que j'ai été matraqué par de vulgaires tire-laine et non par des fumiers qui ne voulaient pas que je rattrape Axrlan pour le faire parler...

— Détrompe-toi, intervint William Baker, nous sommes tous conscients qu'il se passe des choses pas très catholiques autour du commandant Mel Simpson. D'ailleurs, cet Axrlan te l'a avoué : *La Mandragore* se livre à un trafic et nous ne pouvons pas l'accepter.

Au même moment, Red Owens sentit une micro-décharge, provenant de son bracelet émetteur-récepteur. Il enfonça le poussoir du contacteur et porta le minuscule appareil à ses lèvres pour se nommer.

La voix d'un cosmonavigateur assurant la permanence dans le poste de pilotage nasilla dans le bas-parleur :

— Ici, Reynald, commandant... Un appel extérieur de Hill Wenschynski pour monsieur Sherwood.

— J'arrive ! cria celui-ci pour être entendu.

Et à ses amis, il expliqua :

— C'est mon copain, responsable des communications interstellaires de El'hiaxorni... Il doit avoir des informations pour moi. Venez !

Tout le monde quitta le carré des officiers et, par le plus proche élévateur, gagna le poste de commandement.

Le visage de Hill Wenschynski apparaissait sur un télévisionneur. Il salua Andy Sherwood qui lui présenta ses associés de la B & B, C°, puis Wenschynski expliqua :

— Ça t'intéresse de savoir que Mel Simpson est dans le collimateur des Forces spatiales de la Confédération, Andy ?

— Tu parles ! Pour quelle raison ?

— Ça, le colonel Rheim Ghi te l'expliquera lui-même. C'est un ami et quand je lui ai parlé de ce qui te tracassait, il m'a immédiatement demandé de te contacter pour que tu le rencontres. Je crois que c'est assez grave, Andy...

— On le trouve où, ton colonel Ghi ?

Hill Wenschynski lui transmit les coordonnées du bloc général des Forces spatiales d'El'hiaxorni, salua, puis coupa l'appel.

Sherwood se tourna vers ses amis et, d'une voix cachant mal un réel sentiment de supériorité :

— Qui c'est qu'avait raison, hein ?

— Mais on n'a jamais douté qu'il se passait des choses graves, sourit Ronny Blade. Allons-y. J'ai hâte de savoir ce que va nous révéler cet officier.

*
* *

Le bloc général des Forces spatiales était un bâtiment austère et vieillot. L'hélitaxi déposa Blade, Baker et Sherwood sur une terrasse et tandis que l'appareil reprenait aussitôt l'air, un planton s'avança pour leur demander ce qu'ils voulaient.

— On est attendus, expliqua Sherwood. Colonel

Rheim Ghi, septième niveau.

Le planton pianota son communicateur individuel, reçut la confirmation du rendez-vous et conduisit immédiatement les trois visiteurs vers la porte du « Service de Protection ». Dans un premier sas, un deuxième soldat vint relayer son collègue.

Ils le suivirent jusqu'à un deuxième sas où ils durent laisser leurs armes. Ensuite, un élévateur les transporta jusqu'au septième niveau où un troisième soldat les mena au bureau de Rheim Ghi.

Ce dernier, un grand homme maigre, se leva à leur entrée pour les saluer, l'air sévère, mais une étincelle d'humour brillait dans ses yeux pâles.

— Mon ami Hill Wenschynski s'est porté garant de vous, monsieur Sherwood. Non pas que vous soyez incapable de quelques contrebandes, mais ceci regarde la douane et pas mes services.

Puis, sans transition, il conclut :

— En aucun cas, vous et vos amis ne pourrez vous livrer à des actes terroristes contre la Confédération.

— Hein ? s'étrangla Sherwood, médusé par cette entrée en matière.

— L'affaire qui nous occupe relève certainement d'une très grave entreprise criminelle.

Interloqués, les trois associés prirent place dans des fauteuils dégravités, tandis que le colonel des Forces spatiales se rasseyait derrière son bureau. Il avait le visage grave.

— Vous n'êtes pas le premier a avoir vu un vaisseau entrer volontairement dans le champ de courants magnétiques de la Queue de Gorbal. Celui qui a eu vent de l'affaire le premier est un officier des Forces spatiales, le commandant Ragger, qui s'est également posé sur un astéroïde mort pour prélever des échantillons de certains minéraux. Bref, il a coupé les neuf dixièmes de l'énergie de son vaisseau avant de descendre à terre. Au moment où il est remonté à bord, il a aperçu *L'Ornéga* foncer droit dans les courants spatiaux. De retour sur El'hiaxorni, il a rédigé un rapport pour le commandant en chef des Forces spatiales, annonçant la disparition de ce vaisseau. Car selon Ragger, il n'était pas possible de s'en sortir.

Andy Sherwood ne put s'empêcher de décocher une pique à ses amis :

— Dans les Forces spatiales, on comprend tout de suite quand il se passe des choses graves.

Le colonel Rheim Ghi poursuivit, malgré l'interruption de Sherwood :

— Trois jours après que *L'Ornéga* eut été officiellement porté disparu, il a fait sa réapparition sur Bré'jialkor. Immédiatement, les Forces spatiales locales ont voulu demander des explications au commandant de bord, un nommé Elj'har'ghiem.

— Voulu ? interrogea Ronny Blade.

— Lorsque nos agents se sont présentés pour l'appréhender à bord de *L'Ornéga*, il s'est brusquement effondré, foudroyé par une ampoule d'Olium.

Baker laissa échapper un sifflement :

— Un fanatique, alors !

— Loin d'être un fanatique, il a bel et bien été assassiné. On lui avait greffé dans la mâchoire une minuscule ampoule d'Olium qu'un mécanisme pouvait faire éclater à distance.

— Cela existe ?

— La preuve.

— Bon, Elj'har'ghiem a été liquidé, mais il n'était pas seul à bord de *L'Ornéga*. Son équipage ?

— Cinq hommes, tous les cinq arrêtés. D'après

leurs déclarations, confirmées par leur passage sous sondeur psychique, ils ont été recrutés par Elj'har'ghiem sur Novak-Star afin d'effectuer le transport de marchandises en un lieu secret. Ils ignoraient que *L'Ornéga* se dirigeait vers le secteur de la Queue de Gorbal. Aux environs de cette zone, Elj'har'ghiem les consignait dans leurs cabines dont les portes étaient verrouillées depuis le poste de pilotage. Il ne les laissait sortir que deux jours plus tard, après que le vaisseau fut posé à terre, pour qu'ils reprennent leur service à bord. A leur retour sur Bré'jialkor, Elj'har'ghiem les payait largement en leur demandant de se tenir à sa disposition. Cela durait depuis sept mois.

— Et ils n'ont jamais parlé ?

Rheim Ghi hocha la tête :

— Elj'har'ghiem avait recruté six hommes sur Novak-Star, pour le premier voyage. Au retour, il leur a ordonné de ne jamais parler de leur voyage à quiconque, sous peine d'être tués. C'est ce qui est arrivé à l'un d'eux. Les cinq autres ont vu son corps qui venait d'être livré à une hybre d'Oxias deux heures d'affilée.

Blade, Baker et Sherwood réprimèrent une grimace de dégoût. Les hybres d'Oxias étaient des créatures monstrueuses, vaguement humaines, nées d'une contagion de peste mutagène, sur Mandralor. On parlait de les exterminer toutes, mais ces créatures étaient douées d'intelligence et le Gouvernement impérial les avait laissées vivre, en interdisant toutefois qu'elles puissent quitter leur planète.

Elles étaient d'une cruauté abominable. Lorsqu'un humain tombait entre leurs mains, elles prenaient un plaisir sadique à le faire souffrir le plus longtemps possible.

*
* *

Le sergent Malvioti gagna le rez-de-chaussée du bloc militaire, traversa une cour et sortit dans la rue, sous le regard indifférent des sentinelles.

Il se dirigea vers un télévisionneur public, s'enferma à l'intérieur et composa un numéro. Quelques secondes après, alors que l'écran restait opaque, une voix déclara :

« Je vous écoute. »

— Le colonel Rheim Ghi reçoit en ce moment-même Baker, Blade et Sherwood.

« Très bien. Lorsque leur entretien sera terminé, il ne faudra pas les perdre de vue, ni les uns, ni les autres. Chargez-vous de mettre en place une filature discrète. J'envoie des hommes réceptionner Sherwood, Blade et Baker. Tout est-il prêt pour le colonel Ghi ? »

— Oui, mais il quitte chaque jour le bloc militaire à des heures différentes.

« Le vieux renard est d'une grande prudence. Qu'importe, puisque tout est prêt... Votre émetteur ? »

Malvioti palpa l'appareil dans la poche de sa tunique :

— Je le garde en permanence sur moi.

« Vous êtes un de nos fidèles, Malvioti. Nous ne l'oublierons pas. »

L'interlocuteur du sergent coupa ensuite la communication. Malvioti sortit de la cabine et revint à pas lents vers le bloc militaire.

« Un fidèle, pfffeuu ! » grogna-t-il... Avait-il le choix ?

*
* *

Le colonel Rheim Ghi avança sa boîte de cigares de Tolbia vers les trois hommes d'affaires de la B & B, C°.

— On a livré un des membres de l'équipage à une hybre uniquement pour terroriser les cinq autres, poursuivit le militaire. Il n'est même pas certain que la victime ait véritablement parlé de ces mystérieux voyages, car Elj'har'ghiem leur a payé à chacun deux cents orocrédits.

— Coquet salaire ! s'exclama Sherwood.

Il y eut un silence que rompit Ronny Blade :

— Savent-ils ce que transportait *L'Ornéga* ?

— D'après Ristor, un des hommes d'équipage, il s'agit d'armement, ainsi que de pièces détachées d'un matériel électronique ultrasophistiqué. Elj'har'ghiem a toujours veillé à ce qu'aucun des hommes d'équipage ne puisse connaître le contenu des caisses de rétoglass qu'il transportait. Un jour, plusieurs d'entre elles sont tombées et leurs couvercles ont glissé. Ristor s'est empressé de les replacer et Elj'har'ghiem n'en a jamais rien su.

— Quelqu'un armerait donc une ou plusieurs planètes ; ce n'est pas la première fois que cela arrive.

— Avec un tel matériel, si ! rétorqua Rheim Ghi. De plus, armer des inconnus est d'autant plus inquiétant. L'exécution d'Elj'har'ghiem prouve que nous n'avons pas affaire à de simples pirates de l'espace, mais à une puissante organisation technologiquement très développée.

Il y eut un nouveau silence, puis :

— Avant que Hill Wenschynski ne me parle de la disparition suscepte de *La Mandragore* dans La Queue de Gorbal, nous n'avions plus la moindre piste.

— Maintenant, colonel, vous allez faire coffrer Mel Simpson ? questionna Sherwood.

Rheim Ghi secoua négativement la tête :

— Pour le voir foudroyé à distance par une ampoule d'Olium comme avant lui Elj'har'ghiem ? Sûrement pas...

— Alors ?

— Nous allons attendre le prochain voyage de *La Mandragore* et un de nos vaisseaux suivra Mel Simpson à travers les courants spatiaux de la Queue de Gorbal. Nous verrons bien, alors, où il nous mènera.

Il marqua un temps :

— Je vous ai mis au courant car je dois vous demander de ne plus vous mêler de cette affaire. Elle regarde désormais les Forces spatiales.

— A chacun son boulot ! lança Sherwood.

— En tout cas, intervint Ronny Blade, je compte sur vous, colonel, pour que la réputation de la Blade and Baker Company ne soit pas entachée par la brebis galeuse qui s'est introduite en son sein.

— Dans la mesure de mes possibilités, éluda Rheim Ghi, mais il y va de notre intérêt que cette affaire soit réglée dans la plus grande discrétion.

L'entretien était terminé. L'officier supérieur raccompagna les trois amis jusqu'à sa porte. Le soldat qui les avait introduits dans le bureau les ramena à un élévateur et ils refirent le chemin en sens inverse jusqu'au sas où ils récupérèrent leurs armes.

Sur la terrasse d'accueil, le planton appela un hélitaxi.

— Vous avez prévu quelque chose... ou quelqu'une pour passer la soirée ? interrogea Sherwood.

— Pour la soirée, non.

— Alors, venez donc dîner. Je vous préparerai une bonne vieille choucroute comme on n'en mange même plus sur Terre. On va s'en mettre plein la lampe !

— Alors, si on s'en met, comme tu dis, « plein la lampe » — vu qu'on est des vraies lumières — on ne peut pas refuser ! sourit Blade.

*
* *

A la dix-huitième heure, le colonel Rheim Ghi quitta son bureau. Dans le couloir, deux soldats lui emboîtèrent le pas. Le sergent Malvioti appela personnellement la cabine de l'ascenseur et brancha son émetteur.

Les quatre hommes pénétrèrent dans la cabine. Rheim Ghi commanda lui-même le dernier étage du bloc militaire. Malvioti réprima un sourire de satisfaction. Il y avait une chance sur deux pour que son supérieur décide de partir avec un hélijet privé. Son enlèvement allait en être simplifié.

Le sergent glissa une main dans la poche droite de sa tunique et la referma sur une grenade anesthésiante. Les portes de l'ascenseur coulissèrent sur deux soldats qui, un bref instant, braquèrent par réflexe leur fulgurant de combat avant de reconnaître Rheim Ghi et de s'écarter pour lui permettre d'avancer vers l'appareil volant, gardé continuellement à sa disposition.

Au moment où il allait l'atteindre, un deuxième hélijet arriva au-dessus de la terrasse d'accueil du bloc et Malvioti expédia sa grenade anesthésiante au milieu du groupe de soldats, tandis qu'un rayon lumineux venu de l'hélijet enroba le colonel Rheim

Ghi.

Un soldat en poste sur la terrasse, mais hors de portée du nuage anesthésiant, vit alors le colonel « aspiré » jusqu'à la soute de l'hélijet où il disparut.

CHAPITRE II

L'hélijet avait laissé Ronny Blade et William Baker dans le centre commercial du Bloc 37 où le premier avait loué un appartement individuel et où le second logeait chez une superbe créature, conquise de haute-cour, lors du précédent atterrissage du *Maraudeur* sur El'hiaxorni, il y avait maintenant près de trois années

— J'ai rendez-vous à l'étage médical du bloc, indiqua Blade. On se retrouve chez Andy ?

— D'accord.

Les deux amis se quittèrent et, tandis que Blade se dirigeait vers la cabine d'un élévateur, William Baker sauta sur un trottoir roulant qui traversait de somptueux jardins et le mènerait par un large détour jusqu'à son appartement. Il avait envie de prendre un peu l'air avant de retrouver la volcanique Jorinia.

Le trottoir roulant serpentait au milieu d'une forêt d'arbustes fleuris et d'arbres aux multiples couleurs. A cette heure, les jardins étaient quasiment déserts et les trois individus qui le suivaient pressèrent le pas pour le rattraper, puis, en sautant d'un trottoir roulant à l'autre, l'encerclèrent.

Baker n'avait aucune raison de se méfier d'eux... jusqu'à l'instant précis où l'un des inconnus lui mit un pistolaser sous le nez.

— Pas un geste que nous pourrions mal interpréter, monsieur Baker. Vous nous verriez désolés de supprimer un homme d'affaires de votre importance.

L'erreur de ses agresseurs fut de croire Baker paralysé d'effroi. Avant même qu'ils ne réalisent ce qui se passait, Baker avait empoigné le bras armé et, tout en effectuant une pirouette, projeté la pointe de sa botte dans le bas-ventre de l'homme qui se tenait sur sa gauche et frappé d'un atémi celui de droite.

L'agresseur lâcha son arme. Baker en profita alors pour le repousser et assommer définitivement le deuxième d'un coup de boule avant de shooter dans le ventre du troisième.

De trois, ôté deux, restait un... qui déguerpit en traversant les trottoirs roulants et déboucha comme un diable hors de sa boîte au milieu de l'intense circulation.

Heurté de plein fouet par un véhicule, l'homme fut soulevé de terre et retomba en bouillie plus de vingt mètres plus loin !

La scène avait distrait l'attention de Baker durant quelques secondes de trop et les deux autres malandrins en profitèrent pour prendre la poudre d'escampette.

Il hésita un instant à se lancer à leur poursuite, puis renonça. Il se retrouvait seul avec un cadavre en charpie. Les badauds arrivaient, poussant des cris horrifiés, mais trop curieux tout de même pour ne pas s'approcher et renifler de près l'odeur du sang.

La police n'allait sans doute pas tarder à arriver. Baker enfonça la touche d'appel de son bracelet émetteur-récepteur et lança un message à Ronny Blade. Celui-ci répondit dans la seconde même.

Baker lui résuma l'agression dont il venait d'être victime. Blade, lui, s'apprêtait à pénétrer dans une cabine de relaxation. Il se promit de rester vigilant.

*
* *

En quittant le bloc militaire, Andy Sherwood prit la direction du secteur 25 où il avait loué un appartement pour le temps de son séjour sur El'hiaxorni. L'homme chargé de sa surveillance relâcha un instant son attention. Il suivait l'appareil de Sherwood à distance respectable afin d'éviter d'être repéré.

Il réalisa tout à coup que l'hélitaxi de Sherwood avait disparu, alors qu'il n'était plus qu'à quelques minutes de chez lui. Il dut se rendre à l'évidence : il était semé.

Andy Sherwood ne l'avait pas repéré, mais il connaissait depuis peu une jeune et jolie attachée commerciale qui, si elle ne peuplait pas toujours ses rêves, le recevait néanmoins à toute heure du jour ou de la nuit.

Ce fut au moment le plus intense de leur... dialogue, que Sherwood sentit la microdécharge de son bracelet émetteur-récepteur. William Baker lui apprit son agression.

La jeune créature, aussitôt délaissée, pensa derechef que les émetteurs-récepteurs individuels, les sonneries des télévisionneurs et les coups dans le mur des voisins sont les plus mortels ennemis de l'amour !

*
* *

William Baker sonna à la porte de Jorinia Méhéné et celle-ci vint lui ouvrir, vêtue d'un ravissant péplum de fine soie déranienne. Suspendue à son cou, elle articula une série de *Chéri, chéri, oh chéri...* entrecoupés d'abondants baisers.

Prenant appui sur sa jambe droite, Baker referma la porte coulissante d'une acrobatique poussée de la gauche, tandis que ses deux bras se refermaient sur la jeune femme pour l'enlacer jusqu'à étouffement moins une.

Elle poussa soudain un cri d'effroi :

— Tu es couvert de sang !

Elle écarquillait les yeux, paniquée, et il expliqua :

— J'ai eu quelques mots avec des malfaisants, en arrivant dans les jardins. J'ignore encore ce qu'ils me voulaient, nous n'avons pas eu le temps d'aborder le sujet. Mais tu vois, je suis sain et sauf !

C'est ce qui importait le plus à Jorinia dont le corps magnifique se devinait sous la finesse du péplum. Vêtement superflu que Baker se fit un devoir et un plaisir de lui retirer. La jeune El'hiaxornienne n'était pas très grande, ses rondeurs étaient de nature à damner William Baker si cela n'avait pas déjà été fait depuis longtemps... et sa nature ardente la fit se jeter sans plus attendre sur son amant, lui arracher son ceinturon portant l'étui du pistolaser et zipper la fermeture de son justaucorps...

En quelques secondes, il fut nu comme elle et entraîné dans la chambre où ils atterrirent, enlacés, sur le lit recouvert d'une soyeuse fourrure d'Aldébaran.

— Je te signale que mes amis Ronny et Andy doivent me retrouver chez toi. La sagesse nous commanderait peut-être de ne pas nous lancer dans des... combinaisons amoureuses dont nous ne maîtriserions pas réllement la durée, non ?

— Non !

Cela dit... ceci fait ! William Baker pouvait mettre en déroute trois crapules armées et vindicatives, mais n'avait absolument pas le dessus (au figuré !) avec la belle Jorinia.

*
* *

Claymore débarqua de l'hélijet après l'avoir garé dans le parking du Bloc 83 ; il gagna la plus proche cabine de télévisionneur public et s'y enferma.

Rapidement, il composa un numéro. Comme chaque fois, l'écran resta opaque, tandis qu'une voix questionnait :

« Comment cela s'est-il passé ? »

— Mes hommes ont échoué.

Un temps, puis la voix précisa :

« *Vous* avez échoué... et nous n'aimons pas les maladroits. »

— Vous m'avez donné l'ordre d'interception avec un délai de seulement deux heures. Il ne m'a pas été possible de préparer un véritable enlèvement.

« Heureusement que tous nos fidèles ne sont pas comme vous. Le colonel Rheim Ghi est entre nos mains. C'est le principal. »

— Dois-je préparer un nouvel enlèvement ou procéder à une élimination des dirigeants de la B & B, C° ?

— Ne faites rien pour le moment, nous prendrons

une décision ultérieurement.

*
* *

Ronny Blade et Andy Sherwood arrivèrent à quelques minutes d'intervalle et peu de temps après que Jorinia et William Baker eurent terminé leur étude d'anatomie comparée, ce dont la belle El'hiaxornienne leur fut reconnaissante.

— M'est avis que j'avais un comité d'accueil chez moi aussi, supputa Andy Sherwood. Heureusement que j'avais rencard ailleurs... Et toi, Ronny, si les trois crapules auraient réussi l'enlèvement de Will, ils auraient sûrement continué avec toi.

Tout le monde acquiesça sans relever, pour une fois, l'inévitable faute grammaticale dont le brave Andy truffait la plupart de ses phrases.

— Avant tout, il faut prévenir le colonel Rheim Ghi, décréta Blade.

Il se dirigea vers le télévisionneur, pianota le numéro d'appel du bloc général des Forces spatiales et demanda à parler au colonel Rheim Ghi. Quelques secondes d'attente, puis un capitaine des Forces spatiales prit la communication.

— Ronny Blade, se présenta-t-il. J'ai rencontré avec mes amis le colonel Ghi cet après-midi et...

« Je suis au courant », le coupa le militaire qui lui annonça l'enlèvement du colonel Rheim Ghi, peu de temps après leur départ.

« Pour le moment, nous n'avons aucune piste, sinon que *La Mandragore* a quitté El'hiaxorni moins d'un quart d'heure après l'enlèvement du colonel », ajouta le capitaine avec dépit.

Il fut encore davantage dépité quand Ronny Blade lui apprit la tentative d'enlèvement dont avait été victime William Baker.

« Je vais donner des ordres pour que votre sécurité soit assurée sur El'hiaxorni. »

— C'est inutile, répondit Blade. Nous avions prévu de quitter El'hiaxorni cette nuit même.

« Dans ce cas, je vous conseille de ne pas vous attarder. L'enlèvement du colonel Ghi prouve que nous avons affaire à une organisation puissante. »

Ronny Blade coupa l'émission ; immédiatement, Andy Sherwood s'écria :

— Je savais pas qu'on devait partir si rapidement. L'équipement du *Maraudeur* n'est pas complet.

— C'est à nous de tirer cette affaire au clair, expliqua Blade.

Baker opina :

— Notre responsabilité est engagée puisque *La Mandragore* appartient à notre compagnie.

Sherwood, tout excité par la perspective d'en découdre avec ceux qui l'avaient maltraité, résuma :

— Donc, si je pige bien, on fonce vers la Queue de Gorbal attendre que se pointe *La Mandragore* pour lui filer le train au milieu des courants spatiaux et voir où il va !

— Tu « piges » parfaitement, Andy... et nous n'avons pas une seconde à perdre si nous voulons rattraper et surtout « dépasser » *La Mandragore* avant son entrée dans les zones d'anomalies gravitationnelles.

— C'est parti ! lança Sherwood en quittant le fauteuil dans lequel il était assis et en se dirigeant vers la porte de sortie.

William Baker prit encore le temps d'embrasser Jorinia qui lui recommanda de se montrer prudent. Il lui en fit la promesse, ce qui ne la rassura pas outre mesure.

Pendant ce temps, Blade appela *Le Maraudeur* et prévint Red Owens de leur départ immédiat. La plupart de l'équipage étant à bord, le pacha devait seulement rameuter les quelques éléments encore à terre.

*
* *

Le Maraudeur parvint dans la zone de la Queue de Gorbal en une dizaine d'heures et Red Owens manœuvra pour se poser sur l'astéroïde où Andy Sherwood avait réparé son astronef de tourisme quelques jours auparavant.

Dès que les générateurs furent coupés, Sherwood lui apporta un gobelet de thé noir de Ramsoch avec une moue horrifiée.

— Comment peux-tu avaler ce mélange d'eau croupie et de décoction d'orties ?

— Tu devrais en boire ; c'est bon pour les reins.

Sherwood le regarda avec ahurissement :

— J'ai pas de problème, avec mes reins.

— Il vaut mieux prévenir que guérir, mon cher...

Un clignotant rouge s'alluma au même instant et le pacha enchaîna :

— Voilà *La Mandragore*... Nous les avons devancés de peu.

Le vaisseau commandé par Mel Simpson apparaissait à moins de dix minutes-lumière du *Maraudeur* et se dirigeait directement vers la zone de turbulences.

— On attend qu'il soit engagé dans les premières zones d'anomalies et on le suit, lança Blade.

*

* *

A bord de *La Mandragore*, trois hommes se tenaient dans le poste de pilotage. Mel Simpson étudiait une carte spatiale quand Erl Molster, son second, l'avertit :

— Un vaisseau nous suit, commandant.

— Vous l'avez identifié ?

Un temps, puis Molster répondit :

— C'est *Le Maraudeur*.

— Nous n'allons plus tarder à franchir le cap dangereux. A quelle distance est-il de nous ?

— Il se maintient à dix minutes-lumière.

— Nous avons largement le temps de disparaître.

— Il va probablement nous suivre dans la zone d'anomalie gravitationnelle et découvrir le passage.

Simpson parut réfléchir :

— Nous ne pouvons pas courir ce risque.

— Nous mettons le cap sur Xéron ?

Simpson secoua négativement la tête :

— Impossible avec le colonel Rheim Ghi à bord. Milius, prépare une mine, nous la placerons avec le grappin magnétique et la laisserons dans notre sillage.

— Elle peut dériver au hasard des perturbations gravitiques au milieu des remous. Et s'ils l'évitent, elle peut se révéler dangereuse pour nous lors d'un prochain passage !

— Pas une mine matélianante.

— Nous en possédons ? s'étonna Molster.

— Elles font partie de notre cargaison.

*

* *

Le Maraudeur s'engagea dans les premières perturbations spatiales à la suite de *La Mandragore*.

— Il a dû penser que nous allions renoncer à le suivre, estima Owens.

— Ou alors, il est certain que nous ne nous sortirons pas vivants de ce piège ! corrigea Baker.

— Si vous voulez mon avis, je flaire comme un coup fourré là-dessous, intervint Sherwood.

Blade partageait cet avis. Il annonça qu'il se plaçait aux commandes des canons fulgurants, prêt à ouvrir le feu.

— Tu ne penses tout de même pas que *La Mandragore* engagerait le combat au milieu d'une zone d'anomalie gravitationnelle ? s'étonna Owens.

— Pourquoi pas ?

— Il faudrait que leur pilote soit un as.

— Tout est possible...

Le pacha semblait hésiter, puis admit l'hypothèse. Baker et Sherwood, nerveux l'un et l'autre, ne quittaient pas le moniteur de vision extérieure des yeux, tandis que *Le Maraudeur* commençait à être ballotté par les flux magnétiques. Ils étaient encore légers, mais leur violence augmentait progressivement. Red Owens s'efforça de conserver la distance qui le séparait du vaisseau de Simpson.

— Bon dieu, ça tangue sévère ! commenta Sherwood, obligé de tenir à deux mains le dossier du fauteuil dans lequel était installé le pacha, tandis que Baker s'accrochait au rebord d'une console.

Red Owens ralentit la vitesse de son bâtiment pour mieux le guider dans le sillage de *La Mandragore* qui connaissait, semblait-il, les mêmes difficultés.

— Ça prouve au moins que *La Mandragore* n'est pas équipée d'un système particulier lui permettant de se jouer des cour...

Il ne termina pas sa phrase, coupé par William Baker qui s'écria :

— Nom de Dieu, Red... Une mine !

— Vu ! cria Blade.

Le temps d'être repérée, la mine matélianante disparut, effacée par un superbe tir fulgurant.

— Chapeau, Ronny..., jugea Sherwood. On m'avait laissé entendre que t'étais un bon coup, c'est vrai !

Red Owens, trop occupé par la manœuvre, ne réalisa pas tout le graveleux sous-entendu d'un tel compliment. D'autant que la mine matélianante, en explosant, avait déclenché un fantastique remous qui, mêlé aux courants, malmena *Le Maraudeur*. Brutalement dévié, puis pris dans les courants spatiaux, le fleuron de la B & B, C° était rejeté, repris, poussé et repoussé sans que son pacha ne pût faire grand-chose... Sherwood et Baker se retrouvèrent projetés à terre.

Sur le moniteur extérieur, *La Mandragore* n'apparaissait plus. Le vaisseau de Mel Simpson était sorti du champ de perturbation. Au même moment, une sirène se mit à vrombir, annonçant une avarie.

— Accélère, Red !

Le cri de Blade parvint à Owens qui enfonça le levier devant lui... Aussitôt, *Le Maraudeur* fit un bond en avant, mais, déséquilibré par l'arrêt d'un moteur, se mit à tournoyer telle une toupie.

Puis le calme revint...

— On est sortis du champ ! annonça Red Owens, joyeux.

— Peut-être, mais dans quel état ! rumina Sherwood qui, tout en se rétablissant à la verticale, tendit une main secourable à Baker qui s'était entaillé le front sur un coin de meuble, lors de sa chute...

Et où est-on, pacha de mon cœur ?

— *Le Maraudeur* est en orbite autour d'une planète. Nous avons dépassé le secteur de la Queue de Gorbal.

— Nous avons donc franchi les zones de perturbation ? interrogea Blade.

Owens acquiesça :

— Tout juste ! Nous nous trouvons de l'autre côté. Il faut croire qu'il existe un passage qui permet de traverser sans trop de casse, exception faite de la mine.

— Et *La Mandragore* ?

— Aucune trace.

Chuck Nilson, l'officier en second, pénétra dans le poste de pilotage et annonça :

— Tout va bien à bord pour l'équipage. Prévenu que cela risquait de chauffer, tout le monde a fait attention à ses abattis.

— Si on buvait un coup ? suggéra Sherwood en se dirigeant vers le bar du poste de pilotage. Scotch pour tout le monde ?

Il prépara les verres et le temps qu'il les distribue, les premiers renseignements sur la planète furent crachés par l'imprimante laser du tableau de bord.

Planète de type Terroïde. Atmosphère respirable. Fortes concentrations animales et éléments de vie humaine décelés sur un continent. Les continents polaires et équatoriaux sont déserts.

— C'est succinct, jugea Blade.

— Passons au *Maraudeur*, intervint Baker. Comment a-t-il supporté cette épreuve ?

Red Owens effleura quelques touches d'un clavier, placé à sa droite. Moins de vingt secondes plus tard, des inscriptions lumineuses défilèrent sur un écran et le pacha expliqua à voix haute :

— Le générateur gravitomagnétique gauche est réparable, mais il ne faut pas tarder à le faire. D'autre part, notre réserve d'énergie a été sérieusement entamée, il faut la reconstituer. Nous pourrons poser *Le Maraudeur* sur cette planète, mais sûrement pas l'explorer avec lui dans l'immédiat.

— Bah, on f'ra des balades avec les plates-formes de reconnaissance, se consola Sherwood. C'est plus sympa, je trouve.

— Malheureusement, avertit le pacha, toutes les plates-formes de reconnaissance du *Maraudeur* ainsi que l'essentiel du matériel, notamment les dégravitateurs dorsaux, ont été débarquées pour vérification dans les ateliers du port d'El'hiaxorni ! Avec notre départ précipité, j'ai oublié de les faire récupérer. Vous devrez vous contenter de simples camions.

— Et si Mel Simpson et ses gars sont toujours décidés à avoir notre peau, ce qui me semble évident, expliqua Ronny Blade, nous serons terriblement vulnérables.

— A nous de leur tomber dessus par surprise, insista Sherwood.

— Décidément, ta rage d'en découdre avec eux n'a d'égale que ton indéfectible optimisme, railla William Baker.

Red Owens commença les manœuvres d'entrée en atmosphère, pendant que Chuck Nilson branchait la télécaméra omnidirectionnelle tout en surveillant les télévisionneurs.

— Planète inconnue, nous voilà ! lança Sherwood après avoir terminé son verre cul-sec.

*
* *

Les détériorations du *Maraudeur* ne simplifièrent pas la tâche de Red Owens qui devait survoler le continent Nord où, d'après les renseignements des senseurs de bord, se trouvaient les plus fortes concentrations humaines.

D'abord, une grande plaine, aux herbes sèches, parcourue de troupeaux de bovidés qui s'apparentaient aux bœufs terriens, puis des nuages d'oiseaux aux pattes démesurées et aux grandes plumes blanches et bleues. Enfin, des fauves, apparemment peu amicaux...

Après la plaine, une forêt, terrain d'atterrissage on ne peut moins approprié. Malheureusement, le dernier moteur du *Maraudeur*, fortement sollicité dans la manœuvre d'approche, commençait à donner des signes inquiétants de faiblesse et le faible niveau d'énergie força Red Owens à se poser au beau milieu de la forêt... Après une vingtaine de mètres de troncs fracassés, arrachés ou pliés, le vaisseau s'immobilisa enfin.

— Heureusement que la coque est solide, ronchonna-t-il.

Il coupa les générateurs et brancha les défenses automatiques.

— Et maintenant, indiqua-t-il en quittant son fauteuil, on n'a plus qu'à réparer.

— Moi, question moteurs, circuits intérieurs, système de transmissions et tutti quanti, j'ai des lagunes dans l'intellect ! avertit Sherwood.

— Des la-CU-nes, pas des lagunes, le reprit Owens.

Sherwood marmonna des onomatopées, vexé, puis s'adressa à Ronny Blade et à William Baker :

— Alors, on pourrait peut-être visiter un brin la région ?

— L'idée de « goûter » l'air de cette planète me

paraît indispensable, en effet, lui répondit Baker.

Chuck Nilson leur montra un télévisionneur extérieur sur lequel apparaissaient de gros hippopotames griffus, aux mâchoires impressionnantes, venus « renifler» *Le Maraudeur*.

— Pas timides, les bestioles ! commenta Sherwood. Ou alors, elles sont sacrément myopes pour s'approcher aussi près de la coque... Essaie la sirène extérieure, Red, ça les fera peut-être déguerpir. Cette sirène, c'est le cri-qui-tue !

A défaut de tuer, la sirène extérieure du *Maraudeur* était effectivement effroyable, mais les hippopotames ne semblèrent pas s'en soucier. Ils reculèrent à peine, hésitèrent, levèrent le nez vers le ciel, comme si ce bruit pouvait venir de là... et, brusquement, chargèrent le vaisseau spatial.

Leurs coups, aussi puissants qu'ils fussent, ne pouvaient causer aucun dégât à la coque. Après plusieurs charges infructueuses, les hippopotames semblèrent brusquement se lasser et... tournèrent les talons pour s'en aller.

— Bon voyage, messieurs du gros-mollet ! railla Sherwood.

— Je préfère cela, avoua Blade. Je nous voyais mal quitter le bord au milieu de ce troupeau.

Blade, Baker et Sherwood quittèrent le poste de pilotage pour se rendre dans l'arsenal où ils s'équipèrent de pistolasers.

Avant qu'ils ne gagnent le sol, Red Owens leur fit savoir qu'il y avait au moins trois jours de travail et que ce ne seraient que des réparations de fortune.

— Si c'est de bonne fortune ! lança Sherwood, on est sauvés.

Un élévateur les déposa dans la soute de sortie. Chacun d'eux prit le volant d'un camion flottant sur champ dégraviteur. Assez rapides, ces véhicules flottaient à cinquante centimètres du sol avec un ronflement assourdi.

Le sas de sortie coulissa et les trois amis se retrouvèrent à l'extérieur du *Maraudeur*. Ronny Blade prit la direction du nord, William Baker du sud et Andy Sherwood de l'ouest...

*
* *

Le commandant Mel Simpson surveilla le déchargement de *La Mandragore*, puis décida de gagner à pied le Grand Temple de Hrastorg — l'unique ville de la planète —, escorté par Erl Molster, Milius et deux hommes armés. Les rues de la ville n'étaient pas sûres.

— Sale bled ! grogna Milius. Vivement qu'on se tire !

Molster fit une grimace :

— Nous sommes pourtant appelés à y revenir souvent.

— Je sais bien, mais tout est tellement gris, tellement morbide.

Simpson acquiesça d'un long hochement de tête. L'ambiance qui régnait à Hrastorg était déprimante. Les gens évitaient de sortir de chez eux en dehors des heures de travail, ne se rassemblaient jamais en groupe et les rares tavernes étaient tout aussi sinistres.

Les quatre hommes arrivèrent au Grand Temple, bâtiment d'une taille impressionnante, construit dans un matériau propre à la planète. Aucune fioriture, seulement une façade sombre avec l'emblème du Grand Conseil de N'harangho : une pyramide tronquée d'où s'écoulait un torrent de feu. Devant la porte, deux radjars, policiers-soldats, montaient la garde. Ils avaient reçu l'ordre de laisser entrer Mel Simpson... Seul !

Son escorte se dirigea vers une taverne toute proche.

*
* *

Le grand avantage des véhicules dégravités était de pouvoir se faufiler presque partout. Et silencieusement.

Au cours de sa progression, Ronny Blade craignait à chaque seconde de voir réapparaître les hippopotames griffus et dentés qui avaient attaqué *Le Maraudeur* peu de temps auparavant.

Il avait hâte de quitter la forêt. Il avait pris la direction de la plaine survolée peu avant d'atterrir. Autour de lui s'affolait tout un petit monde forestier de prédateurs ne lui disant rien qui vaille. Enfin, ce fut la lisière. Soulagé d'y être parvenu sans avoir fait de mauvaises rencontres, il mémorisa dans l'ordinateur de bord du camion ses coordonnées géographiques, afin de retrouver sans difficulté son chemin.

La plaine ! Plutôt une sorte de savane où les herbes sèches l'empêchaient d'apercevoir quoi que ce fût. Blade prit la direction d'une plate-forme rocheuse depuis laquelle il serait en mesure de balayer plusieurs kilomètres à la jumelle.

Blade se demanda où avait bien pu se poser *La Mandragore*. Son commandant avait-il eu suffisamment confiance dans la mine matélianante pour ne pas juger utile de surveiller les abords de la planète ? Si *Le Maraudeur* avait été repéré lors de son arrivée, il pensait qu'on aurait déjà tenté de les intercepter.

Le soleil était encore haut dans le ciel et ses rayons tapaient fort. Le paysage était merveilleux. Les couleurs étaient particulièrement chatoyantes. Les fleurs de plusieurs buissons formaient de véritables arcs-en-ciel.

« Le paysage serait encore plus merveilleux si je venais y passer des vacances », songea Blade.

Il arrêta son camion au pied de la plate-forme, sortit et grimpa sur le capot avant de se hisser jusqu'au sommet du rocher, réglant ses jumelles pour observer les environs.

Quelques troupeaux de bovidés, des fauves, énormément d'oiseaux, une flore très riche avec une espèce d'arbres aux fruits rouges assez tentants...

« Et pas la moindre trace d'une présence humaine. »

Pourtant, le continent était peuplé. S'il fallait attendre que les réparations du *Maraudeur* fussent terminées pour l'explorer, cela promettait trois à quatre jours de temps perdu. Seulement, la perspective de partir à l'aventure à bord de simples camions n'était guère réjouissante.

« Si, au moins, nous avions une idée de la direction à prendre pour retrouver *La Mandragore*... »

Tout à coup, Blade aperçut dans le ciel trois points noirs. D'abord, il pensa à de grands oiseaux, puis ils se précisèrent et il reconnut des appareils à moteur. On aurait dit de petits avions, comme au XXe siècle terrien.

Ils venaient dans sa direction. Leurs pilotes l'avaient-ils repéré ? Dans le doute, Blade préféra descendre de la plate-forme et les suivre à la jumelle depuis le sol, mais au moment où il allait sauter à terre, les trois appareils entreprirent des vols concentriques.

« Donc, ils n'en ont pas après moi ! »

Il augmenta la puissance de ses jumelles et distingua un homme en train de courir à perdre haleine au milieu des grandes herbes. Un homme à demi nu, armé d'une lance ou plutôt d'un grand bâton.

A première vue, le fugitif n'avait aucune chance d'échapper à ses poursuivants. Il semblait à bout de force. Blade devait-il s'en mêler ou non ? La prudence lui conseillait d'observer les événements à distance, puis de suivre la direction que prendraient ensuite les trois avions, mais la patience n'était pas son fort. Il avait plutôt une nette envie de foncer dans le tas.

Quel pouvait bien être l'armement de ces avions ? Pour récupérer un fuyard, on n'avait tout de même pas envoyé des bombardiers ! L'homme filait vers une rivière qu'il n'aurait sans doute pas le temps d'atteindre. Blade, par contre, pouvait le récupérer au nez et à la barbe de ses poursuivants.

Il glissa sur le capot du camion, s'installa aux commandes et démarra en trombe. Poussé au maximum de sa vitese, son véhicule atteignait vaillamment le 70/80.

A bord des avions, son arrivée allait sûrement décontenancer les pilotes. Quant au fugitif, s'il n'était pas complètement idiot, il allait bien comprendre qu'il lui fallait bifurquer vers Blade. A moins qu'il ne s'affole et ne le fuie également. Une centaine de mètres à peine l'en séparait.

Tout en conduisant, Blade continuait de surveiller les trois avions au-dessus de sa tête. Ils poursuivaient, imperturbables, leurs cercles concentriques. S'ils se mettaient à le prendre pour cible ? Il était trop tard pour reculer, désormais...

Blade allait bientôt être à la hauteur du fugitif. Celui-ci l'avait aperçu et ralentit aussitôt sa course.

L'homme était d'une terrible maigreur ; les côtes saillantes, une barbe de plusieurs jours et des yeux cernés. Visiblement, les jours précédents, il avait énormément souffert et c'est avec fatalisme qu'il regardait l'inconnu qui se dirigeait vers lui, à bord d'un véhicule tout aussi inconnu.

Arrivé à sa hauteur, Blade fit coulisser la porte du camion et cria :

— Grimpe !

Le fugitif ne pesa pas le pour et le contre cent sept ans avant de bondir à ses côtés. Aussitôt, relançant le camion, Blade effectua un quart de tour en direction d'un petit bois proche.

— Tu parles l'omnia lingua ? s'enquit Blade.

A peine avait-il fini d'articuler sa phrase qu'il eut le réflexe de donner un grand coup de volant afin de déséquilibrer l'homme qu'il venait de sauver : celui-ci avait levé son bâton dans un geste sans équivoque, pour le frapper.

— Dis donc, la reconnaissance ne t'étouffe pas, toi !

Pour éviter toute nouvelle agression de sa part, Blade empoigna son pistolaser et lui assena un coup de crosse sur le crâne. Sonné, le fugitif s'écroula sur son siège.

Au même moment, les avions décidèrent d'intervenir. Celui de tête, après être passé en rase-mottes au-dessus du camion, le bombarda avec d'inquiétants projectiles qui firent un bruit étouffé en explosant, avant de dégager un nuage de fumée. Heureusement, le camion était hermétique et Blade atteignit le petit bois sans être incommodé.

Moteur coupé, il empoigna ses jumelles, pivota pour observer la plaine et son ciel. Les avions tournaient toujours au-dessus de lui. Tout à coup, l'un d'eux perdit progressivement de la hauteur pour se poser.

L'appareil ressemblait finalement plus à un hélicoptère qu'à un avion... « Ou plutôt, songea Blade, au croisement entre une toupie et un delta-plane ! » S'il n'avait pas vu un tel assemblage de ferraille et de toile voler dans les airs, jamais il n'aurait accepté de monter à l'intérieur.

Trois hommes se tenaient dans le cockpit. Des hommes en noir, bottés et casqués, avec de bizarres fusils aux bouts évasés. Ils descendirent au milieu de la fumée blanche qui commençait à se dissiper, sans paraître incommodés. Ils devaient être immunisés. Quant à Blade, il ne pouvait faire coulisser le toit de son camion maintenant, à cause du gaz.

L'autochtone à ses côtés reprenait conscience. Prudemment, Blade réquisitionna son bâton et quand il ouvrit les yeux, lui déclara :

— Je t'ai demandé si tu parlais l'omnia lingua ! C'était une raison suffisante pour vouloir m'assommer ?

Décontenancé, l'homme articula d'une voix rauque :

— Tu es un Stourmi ! Les Stourmis se sont alliés aux Hradjarks.

*
* *

William Baker avait parcouru plusieurs dizaines de kilomètres dans la direction qu'il avait choisie sans rencontrer âme qui vive. Il avait eu le temps de repérer divers troupeaux de bovidés semblables aux bonnes vieilles vaches de la Terre, admiré des fleurs multicolores et même cueilli des fruits rouges particulièrement appétissants, mais qu'il ferait d'abord analyser par les spécialistes du

Maraudeur avant de les déguster.

Deux heures après son départ, il fit demi-tour et décida de regagner le vaisseau en effectuant un vaste crochet par l'ouest, ce qui l'amena à longer les bords d'un ruisseau.

Brusquement, il arrêta son véhicule. Le spectacle en valait la peine. Au beau milieu du courant assez faible, évoluaient trois créatures en tenue d'Eve... De toutes jeunes filles, deux blondes et une brune qui s'aspergeaient mutuellement en poussant de petits cris joyeux. Elles avaient toutes les trois la peau dorée, merveilleusement satinée.

Comment réagiraient-elles, en l'apercevant ? La pudeur était-elle en vigueur sur cette planète ? Devait-il se manifester ou attendre qu'elles l'aperçoivent ?

Il n'eut pas à se poser longtemps ces questions. Une des filles tourna la tête et l'aperçut. Aussitôt, elle prévint ses compagnes et toutes trois cessèrent leurs jeux pour regarder dans sa direction. Elles ne semblaient pas le moins du monde effrayées. Intriguées, tout au plus.

Baker quitta le véhicule et avança vers elles, les mains bien en évidence et son sourire le plus charmeur aux lèvres :

— Je vois que je ne vous fais pas peur et j'en suis ravi.

Il n'y eut pas de réaction. Baker atteignit le bord du ruisseau et se retrouva à moins de dix mètres des naïades.

— Comprenez-vous l'omnia lingua ?

Aucune ne lui répondit, mais elles s'approchèrent d'un même mouvement et le rejoignirent sur la terre ferme. Leur nudité ne les gênait pas du tout. Après avoir examiné Baker des pieds à la tête, la brune articula quelques mots que, malheureusement, il ne put traduire.

Il eut une moue désolée :

— Je crois qu'un assimilateur psycholinguistique ne serait pas inutile, en l'occurrence.

Une des blondes s'approcha pour poser une main sur son épaule ; elle voulait toucher le tissu de son justaucorps. Les deux autres firent de même. Toutes les trois semblaient terriblement étonnées par ses vêtements, mais aucune ne manifesta la moindre curiosité pour le pistolaser, glissé dans le ceinturon.

Baker utilisa alors le plus vieux moyen qui existât pour lier connaissance. Posant sa main droite, à plat, sur sa poitrine, il articula distinctement :

— Wil... liam !

Il répéta son prénom une fois, deux... Puis la brune, qui semblait la plus vive, répéta :

— Wil... liam !

Ses amies en firent autant tout de suite après.

*
* *

Il n'y avait pas d'agressivité dans les paroles du fugitif. Avec Ronny Blade, il avait déjà eu le dessous une première fois et son regard exprimait un grand fatalisme. Il avait vraiment l'air persuadé que Blade allait le trucider et se faisait une raison.

— Mon grand, je ne comprends rien à tes craintes, mais dis-moi, ceux qui arrivent vers nous, ce sont des Stourmis ou des Hradjarks ?

L'homme tourna la tête, vit les trois hommes, en uniformes noirs, descendus de l'avion.

— Les hradjarks ! Pourquoi ne les as-tu pas laissés me capturer ?

— Tu aurais préféré ?

Perplexe, l'homme, terrorisé, gardait le regard fixé sur ses poursuivants.

— S'ils me capturent, ils vont me torturer ! Tue-les !

Blade ne se préoccupa pas de son ordre et, calmement, demanda :

— Pourquoi croyais-tu que j'étais leur allié ?

— Tous les Stourmis le sont !

— Je ne suis pas un Stourmi !

— Tu viens du ciel !

— Du ciel, oui... De très, très loin dans les étoiles et je suis, en quelque sorte, à la poursuite de ceux qui viennent souvent sur ta planète. Ce sont eux qui t'ont appris l'omnia lingua ?

— C'est leur langage. Ils l'enseignent aux Hradjarks.

Blade jeta un coup d'œil dans son dos. Les soldats étaient encore à cent cinquante mètres. Il avait le temps de poursuivre cette intéressante conversation :

— Leurs armes tirent quel genre de projecti les ?

— Des balles.

Pourraient-elles traverser la carrosserie du camion ? Blade jugea inutile de questionner l'homme à ce sujet.

— Quel est ton nom ?

— Elklad... Tu... Tu n'es pas un allié des Hradjarks ?

— Faut croire ! Bon, moi c'est Ronny Blade. Maintenant, si on faussait compagnie aux Hradjarks, ce ne serait pas mieux, à ton avis ?

Elklad fit la moue :

— Ton véhicule n'échappera pas aux storks.

— Les storks sont ces appareils volants ?

Eklad acquiesça et cette fois, comme les susnommés étaient à moins de dix mètres d'eux,

Blade entreprit une fulgurante marche arrière qui surprit les soldats.

Manquant de renverser l'un d'eux, il déboucha dans la plaine, essuyant, comme il s'y attendait, plusieurs salves, mais les balles ricochèrent ou s'écrasèrent sur la carrosserie sans la traverser.

A côté de lui, Elklad, recroquevillé et tremblant sur son siège, n'en menait pas large. Les Hradjarks le terrorisaient, alors que pour sa part, Blade ne s'inquiétait pas trop. Leurs armes étaient primitives. Rien à voir avec le matériel militaire qu'un vaisseau comme *La Mandragore* transportait.

Blade poursuivit sa marche arrière jusqu'au stork des Hradjarks. Le véhicule était abandonné et il eut tout son temps pour l'examiner. Une sorte d'hélicoptère, il ne s'était pas trompé. En se mettant debout sur son siège, il aperçut le tableau de bord et en comprit facilement le maniement. L'appareil devait marcher à quelque chose d'aussi désuet que l'essence ou le gaz.

Les trois soldats revenaient précipitamment, mais renonçaient à faire à nouveau usage de leurs armes dont ils avaient réalisé l'inefficacité. Blade se demanda s'il devait entrer en contact avec eux ou non ? Il craignait les réactions d'Elklad, la peur pouvant le pousser à commettre une folie.

— A bord de leurs storks, interrogea-t-il, les Hradjarks disposent de quelles armes, mises à part leurs bombes à gaz ?

— C'est tout, à moins que les Stourmis ne les aient dotés d'armes nouvelles.

Blade n'était donc pas plus avancé ! Dans le doute, mieux valait s'abstenir, et Elklad pouvait encore lui apprendre bien des choses. Il enfonça à nouveau le levier de vitesses ; le camion bondit en avant en direction de la forêt où s'était posé *Le*

Maraudeur.

Réfléchissant qu'il valait mieux ne pas attirer l'attention des Hradjarks sur le vaisseau spatial, car les storks dans le ciel n'allaient pas manquer de le suivre, Blade bifurqua vers la plaine et la rivière que voulait atteindre précédemment Elklad. Elle n'avait pas l'air bien profonde et de toute façon, son véhicule était amphibie.

— Dis-moi, Elklad... Pourquoi les Hradjarks te poursuivent-ils ?

Un temps, puis ce dernier articula :

— Je me suis enfui.

— D'où ?

— De Hrastorg ! Je suis parvenu à traverser les Forêts de la Mort, mais les Hradjarks ont retrouvé ma trace.

— Tu étais prisonnier à Hrastorg ?

Il haussa les épaules :

— Tout le peuple n'haranghien est prisonnier dans la cité. Il en est ainsi depuis que le Nouveau Conseil nous gouverne.

Ronny Blade atteignit la forêt où les frondaisons, particulièrement épaisses, dissimulèrent le camion aux storks. Une chance sérieuse qu'ils perdent sa trace, à moins qu'ils ne fussent munis de détecteurs. Vu la simplicité archaïque de leurs appareils, Blade en doutait.

Il choisit un endroit particulièrement touffu pour camoufler son véhicule et fit coulisser le toit ouvrant en expliquant à Elklad :

— Je vais voir où en sont les storks. Toi, ne bouge pas d'ici !

Blade eut envie d'ajouter : « Et ne touche à rien ! » Car le N'haranghien contemplait le tableau de bord du camion avec une expression de convoitise qui ne lui disait rien qui vaille.

Jumelles au cou, Blade avisa un arbre et, n'ayant pas été pour rien le meilleur grimpeur de cerisier de son collège, gagna de branche en branche son faîte, dérangeant par la même occasion une volée d'oiseaux piailleurs. Heureusement, d'autres s'envolaient de tous les coins du bois. Les Hradjarks ne risquaient pas de le repérer ainsi. Les storks, après quelques survols de la forêt, n'avaient pas insisté et avaient disparu.

Redescendant jusqu'au camion, il trouva Elklad en train d'examiner d'un air dubitatif les diverses touches et leviers du tableau de bord.

— Nous sommes tranquilles, avertit Blade en regagnant sa place.

Pour en être tout à fait certain, il fit coulisser le toit du camion, redémarra en direction de la lisière de la forêt.

Un retour au *Maraudeur* s'imposait.

— Reprenons, veux-tu ? D'abord, les Stourmis : des étrangers venus des étoiles, d'après toi... Tu en connais ?

— J'en ai aperçu souvent.

— Leurs noms ?

— Je sais qu'il y a un certain Simpson, Mel Simpson, et avant lui Elj'har'ghiem, mais lui ne vient plus... Galoonreha saurait, elle.

— Qui est-ce ?

— La maîtresse du Palais Céhnjior. J'habitais là, avant de décider de fuir.

— Pour quelle raison ?

— Maîtresse Galoonreha voulait savoir s'il était possible de vivre au-delà des Forêts de la Mort. Elles entourent toutes nos villes ; ce sont des forêts extrêmement dangereuses avec des insectes-tueurs et des nappes de gaz corrosifs mortels qui s'y déplacent continuellement.

Blade hocha la tête. De charmantes forêts comme celles-là, on en trouvait sur de nombreuses planètes, mais c'étaient les premières à disparaître quand on décidait d'implanter des colons.

D'un ton professoral, il expliqua :

— Facile de les raser en allumant des foyers d'incendie de tous les côtés.

— Tu ne comprends pas, rectifia Elklad. Ces forêts, le Nouveau Conseil les a laissées proliférer et les entretient autour de la cité, afin que nous ne puissions pas la quitter.

— Pourquoi veut-il vous confiner dans Hrastorg ?

— Pour mieux nous gouverner. Avec les Hradjarks, il contrôle toute la population et les Stourmis leur apportent des techniques meurtrières nouvelles.

— Des armes et du matériel électronique !

— C'est le bruit qui court en ville, mais nous ne savons rien de précis.

Un temps, puis Blade reprit :

— Ta maîtresse Galoonreha est une personnalité influente, si elle habite un palais ?

— Rentoonar, son père, était le chef de l'ancien Conseil de Hrastorg, mais il est mort. Tout le Conseil, à cette époque, a péri dans une catastrophe. Le Grand Temple s'est effondré alors que se tenait une assemblée. De nouveaux membres ont été élus. Il y a dix ans de cela. C'est depuis que tout a changé.

— Ils représentent le gouvernement légal, mais ne satisfont pas franchement tout le monde, c'est cela ?

— Les N'haranghiens sont résignés, hélas.

— Ta maîtresse Galoonreha envisage tout de même de vivre au-delà des forêts qui entourent

Hrastorg.

— Galoonreha est une exception.

L'exception qui confirmait la règle, c'était bien connu. Tout dépendait de la nature de la règle. Et... de savoir à quel jeu on jouait !

*
* *

Les intentions des trois filles se précisèrent brusquement lorsqu'elles entreprirent, avec de petits rires amusés, de déshabiller William Baker. L'une d'elles lui montra son ceinturon pour qu'il le décroche lui-même, ce qu'il fit sans plus attendre. Puis il les aida à lui retirer son justaucorps et son collant. En quelques secondes, il se retrouva dans la même tenue que les trois filles qui l'entraînèrent au milieu du ruisseau.

Elles commencèrent immédiatement à l'asperger et il se défendit en faisant de même. Tout à coup, la brune plongea, nagea sous l'eau et vint lui ceinturer les jambes, pendant que ses deux amies le poussaient en arrière. Baker bascula. Cela n'avait rien d'agressif et ils continuèrent tous les quatre à « se battre » avec de grands rires.

Jusqu'au moment où Baker, renversé dans l'eau, s'aperçut qu'elles regagnaient la terre ferme... où une femme, habillée celle-là, se tenait debout, un pistolaser à la main.

Une femme que William Baker connaissait parfaitement bien. Trop bien.

La femme, autour de laquelle les trois filles nues s'étaient regroupées, éclata de rire à son tour :

— Je savais que William Baker ne résisterait pas longtemps à trois filles nues. C'était le meilleur moyen pour le priver de ses armes, de ses vêtements... et surtout de son bracelet émetteur-récepteur.

Baker regarda son poignet et jura intérieurement... Pendant leurs « jeux », l'une des filles — probablement la brune — le lui avait subtilisé, l'empêchant ainsi d'alerter le poste de pilotage du *Maraudeur*.

— Bien joué, lieutenant M'lounrha... Vraiment bien joué ! admit-il... Ainsi, vous êtes vivante !

CHAPITRE III

Ronny Blade et Elklad atteignirent la forêt où était posé *Le Maraudeur* sans rencontrer d'autre difficulté. Les storks n'étaient pas réapparus dans le ciel, seulement Blade ne doutait pas de les voir revenir très vite ; cette fois, avec du renfort.

— A part les storks, de quel armement disposent les Hradjarks, Elklad ?

Le N'haranghien secoua la tête :

— Ils ne possèdent pas de véhicule comme le tien. Le peuple ne quitte jamais les villes et les Hradjarks ont les storks pour survoler les Forêts de la Mort.

— Ça ne doit pas arriver souvent, car j'imagine que les fugitifs dans ton genre ne sont pas légion ?

— En effet... Toute la population de N'harangho est résignée, je te le répète.

— Et ta maîtresse Galoonreha... Qu'espère-t-elle en voulant vivre hors de Hrastorg ? Elle aime la vie d'ermite ?

— Elle se croit menacée.

— Par qui ?

— Le Nouveau Conseil. A deux reprises déjà, on a tenté de la supprimer.

— Pour quel motif ?

— C'est la fille de l'ancien chef du Grand Conseil. Wranghoa, son successeur, craint qu'elle ne connaisse certains secrets...

— Et elle en connaît ?

— Non.

La réponse avait été trop rapide et trop catégorique. Le N'haranghien devait dissimuler quelque chose. Dans un sens, Ronny Blade ne pouvait lui reprocher son manque de sincérité envers un étranger. Un « Stourmi », comme il disait. Blade devait le mettre en confiance pour l'amener à cracher le morceau.

Déjà, il lui avait sauvé la vie. Un bon début. Comme il ne lui paraissait pas bien costaud, on lui referait une santé à bord du *Maraudeur*. Un bon repas arrosé comme il se devait, on n'avait jamais rien trouvé de mieux pour amadouer les sensibilités.

Ronny Blade freina précipitamment, face à deux hippopotames qui barraient le chemin. Ils balançaient leurs gros museaux de gauche à droite et le fixaient avec des regards parfaitement idiots.

— Des morrols ! s'exclama Elklad. Attention, ils sont dangereux.

— Merci, j'avais deviné ! Courent-ils vite ?

— Ils sont trop lourds pour cela.

Dans ce cas, Ronny Blade n'hésita pas. Au lieu de continuer par le même chemin qu'à l'aller, il vira sur sa droite, entre deux arbres gigantesques, afin de contourner les morrols en les prenant de vitesse.

— On n'en trouve que dans quelques forêts, expliqua Elklad... et ils en sortent rarement.

— Mon vaisseau doit être à environ deux cents mètres de nous.

Le détour s'opéra sans anicroche. Les morrols ne tentèrent même pas de poursuivre le véhicule et ce dernier réintégra, une trentaine de mètres après eux, le chemin menant au *Maraudeur*.

— Ils se déplacent rarement en troupeaux, poursuivit Elklad, mais ils peuvent se regrouper très vite en s'appelant.

Pour appeler, les morrols appelaient ! De longs cris rauques et modulés. Soudain, Ronny Blade eut hâte d'arriver au vaisseau qui, heureusement, se profila bientôt devant eux.

Depuis le poste de pilotage, Red Owens fit coulisser le sas d'entrée lorsque le camion s'y présenta et le referma juste sous le nez d'un morrol.

La voix de Red Owens emplit la soute d'accueil :

« Bienvenue à bord ! »

Blade et Elklad quittèrent l'engin et s'engouffrèrent dans un élévateur pour gagner le poste de pilotage.

A leur entrée, Red Owens indiqua tout de suite d'une voix terriblement inquiète :

— William n'est pas encore rentré... et il ne répond pas à nos appels.

— Son émetteur-récepteur est peut-être en panne.

— Chuck Nilson est parti avec Hasler et Wayne dans la direction qu'il a prise.

Blade se tourna vers Sherwood :

— Qu'a donné ton excursion sur N'harangho ?

— Si tu ramènes un autochtone, moi, je n'ai rien à signaler. Sinon que les fleurs sont belles, que les oiseaux piaillent joliment et que ça doit être un paradis pour les chasseurs.

Blade raconta dans quelles circonstances il avait sauvé Elklad des policiers n'haranghiens.

L'homme n'était jamais monté dans un vaisseau spatial, mais s'il examinait tout ce qui l'entourait avec un air à la fois curieux et intéressé, il n'avait pas la moindre appréhension.

— Tu ne sembles pas surpris d'être dans un vaisseau spatial, lui fit remarquer Owens.

— Les N'haranghiens ne sont pas des sauvages, se renfrogna l'intéressé. Nous avons même…

Il s'interrompit brusquement, puis comme si cela n'avait pas d'importance, reprit :

— Nous avons même eu une civilisation florissante, jadis.

— Ah bon !

Aussitôt, l'homme s'emballa :

— Une grande civilisation, oui… Très en avance, même, sur la vôtre, mais elle a disparu. Entièrement. Il n'en reste rien.

— Tu veux mon mouchoir ? proposa Sherwood que le ton d'abord trop orgueilleux, puis geignard de leur visiteur énervait.

— Andy !

Red Owens fronça les sourcils en regardant Sherwood qui haussa les épaules, tandis que Blade interrogeait vivement afin de dissiper l'incident :

— Les N'haranghiens connaissaient les voyages dans l'espace ?

Elklad acquiesça.

— Et pourquoi cette civilisation florissante a-t-elle disparu ? insista le pacha.

Il eut une moue :

— A cause d'une épidémie, ramenée de l'espace par une mission d'exploration ; c'est pour cette raison que nous nous sommes repliés dans Hrastorg.

Et la hantise de cette épidémie sert de prétexte au Nouveau Conseil pour séquestrer la population dans la cité. Le souvenir des ravages qu'elle a causés parmi notre peuple est encore trop présent dans les mémoires.

— C'est le Nouveau Conseil qui est responsable de votre régression ? questionna Ronny Blade.

— Non... J'ignore pourquoi nous en sommes là. Cela remonte à trop longtemps. Oui, à trop longtemps...

Il y eut un moment de silence, pendant lequel Owens informa Blade :

— Les dégâts du *Maraudeur* sont plus importants que nous ne les avions tout d'abord évalués.

— Plus précisément ?

— Les réparations vont bien s'étaler sur une semaine.

Sherwood intervint :

— Avec les Hradjarks sur le dos, ne l'oublions pas !

— Ils ne nous ont pas encore repérés, murmura Owens. Si leurs appareils volants...

— Les storks ! précisa Blade.

— Oui, les storks sont aussi vétustes, ils...

Blade l'interrompit :

— Tu oublies que les Stourmis, c'est-à-dire Mel Simpson et ses hommes pour parler plus clairement, sont les alliés du Nouveau Conseil n'haranghien. Eux doivent disposer d'autre chose que de storks.

Il y eut un nouveau silence et Blade proposa à Elklad :

— Tu dois avoir faim, je suppose... et soif ?

— Je n'ai rien mangé depuis deux jours.

Red Owens ouvrit un tiroir du tableau de bord pour en sortir une boîte plate, contenant des pilules nutritives.

— Tu prendras un vrai repas plus tard. Pour le moment, ces pilules vont te donner un coup de fouet et rétablir ton équilibre digestif.

Le N'haranghien se décida à piocher une pilule pendant qu'Andy Sherwood servait une tournée de whisky.

— As-tu branché les défenses automatiques du *Maraudeur* ? demanda Blade au pacha.

— Bien sûr.

Le temps de trinquer, Blade questionna de nouveau Elklad :

— Si tu nous parlais des N'haranghiens, des hradjarks, des Stourmis et de Hrastorg, maintenant.

— Que voulez-vous savoir ?

— Tout, c'te bonne blague ! résuma Sherwood.

Elklad hocha la tête, mais la conversation fut laborieuse. L'homme n'était guère loquace. Il fallait pratiquement lui arracher les renseignements mots à mot. Cela devint très vite lassant, mais il n'était pas question de le braquer, aussi les dirigeants de la B & B, C° firent montre d'une patience phénoménale. Etonnante, même, pour tout dire.

Il ressortit que le Nouveau Conseil de Hrastorg était un pouvoir dictatorial, malgré ses apparences parlementaires qui ne trompaient personne. Ces membres, au nombre de trente et un, étaient pratiquement nommés à vie, hormis lorsqu'une majorité d'entre eux décidait d'exclure un conseiller ou que ce dernier donnait sa démission.

Wranghoa, le chef du Nouveau Conseil, était le seul à avoir également fait partie de l'Ancien Conseil. Le jour où ce dernier avait « pris le plafond sur la tête », comme l'exprima Andy Sherwood, il avait survécu miraculeusement, avec de très graves blessures. On ne pouvait donc pas l'accuser d'avoir fomenté un attentat.

Car ensuite, c'était lui qui avait choisi les nouveaux membres du Conseil. Environ un tiers de militaires, un tiers de notables et le reste se partageant entre quelques savants et des commerçants riches. Très vite après la constitution du Nouveau Conseil, les libertés avaient été mises à mal. D'abord, par tout une série de couvre-feux sans raison apparente, puis l'obligation de demander des laissez-passer pour quitter la cité.

Laissez-passer qui, très vite, n'eurent plus lieu d'être, puisqu'on laissait proliférer les Forêts de la Mort.

Le contrôle des naissances était très strict pour que la cité ne soit pas surpeuplée. Apparemment, les raisons qu'invoquait le Nouveau Conseil pour maintenir ce régime de société sous haute surveillance se défendaient. Les N'haranghiens craignaient par-dessus tout le retour des épidémies ; ils vivaient dans cette hantise continuelle. Leur population, qui avait compté des millions d'hommes et de femmes, était aujourd'hui réduite à environ cinq cent mille âmes.

A cette situation venait d'ajouter l'arrivée des Stourmis. Le premier vaisseau s'était posé sur N'harangho deux ans auparavant. Il avait sans doute réussi à traverser les perturbations en découvrant, par hasard, un couloir lui permettant d'aller et de venir sans risques.

Les arrivants avaient fait alliance avec le Nouveau Conseil, mais Elklad ne connaissait pas les dessous de cette alliance. On savait seulement que Wranghoa recevait régulièrement les commandants des vaisseaux qui venaient débarquer leur chargement sur le petit spatiodrome de Hrastorg.

Les responsables de la B & B, C° se remémomèrent leur conversation avec le colonel Rheim Ghi : Elj'har'ghiem était le commandant de *L'Ornéga* et il était mort, foudroyé par une ampoule d'Olium, lors de son arrestation.

Que devenaient les chargements débarqués ? Elklad l'ignorait. Ils restaient deux jours au maximum dans un hangar, surveillés par des >Hradjarks, puis des Stourmis arrivaient à bord d'appareils volants. La description qu'il en fit correspondait assez à une plate-forme de reconnaissance...

D'où venaient ces plates-formes de reconnaissance ? Elklad l'ignorait.

Blade regarda ses amis, puis émit :

— Il est clair que ceux pour lesquels travaille Mel Simpson, et avant lui Elj'har'ghiem, ont établi une base secrète sur N'harangho.

Red Owens hocha la tête :

— Et devant leurs moyens techniques et militaires, Wranghoa et son Conseil ont bien été obligés de s'allier avec eux. Ils n'ont sans doute pas pu s'opposer à leur installation sur la planète.

Sherwood questionna Elklad :

— Tu ne sais vraiment pas où les loustics ont pu s'installer ?

Loustics n'était pas un mot que le N'haranghien connaissait, mais il répondit néanmoins :

— Non, vraiment pas. Tout ce qui entoure leurs activités est sévèrement contrôlé par les Hradjarks et l'accès à l'astroport nous est rigoureusement interdit.

— Un astroport utilisé exclusivement par les « Stourmis », si je comprends bien, dit Blade.

Elklad l'admit :

— Ils l'ont rebâti et ne s'y posent plus que leurs vaisseaux.

— Wranghoa et le Nouveau Conseil ne possèdent donc pas de vaisseaux spatiaux ?

L'homme secoua négativement la tête. Racontait-il la vérité ? Après tout, c'était un N'haranghien et même s'il était poursuivi par la police de sa planète, il pouvait hésiter à trahir sa patrie.

Pour lui, ne sommes-nous pas des Stourmis ? songea Blade. Et tous les Stourmis ne se ressemblent-ils pas ?

Red Owens consulta les télévisionneurs du tableau de bord, puis indiqua à voix haute :

— En tout cas, les storks ne sont pas pressés de revenir dans le secteur.

— Ils reviendront, s'écria le fugitif avec véhémence. Jamais encore un fugitif n'a réussi à s'échapper de Hrastorg.

— Beaucoup ont essayé ?

Une ombre passa dans le regard d'Elklad :

— Non... Une dizaine, mais chaque fois, les Hradjarks les ont rattrapés et leurs cadavres ensanglantés ont été exposés sur les places publiques.

— Charmant ! Plus démocrate que ça, tu meurs ! s'exclama Sherwood.

*
* *

Le colonel Rheim Ghi reprit conscience lentement ; d'abord dérouté, ses souvenirs lui revinrent tout à coup. Il avait quitté son bureau, gagné la terrasse supérieure du bloc militaire... Là, un étrange rayon lumineux avait jailli d'un hélijet. Il lui semblait avoir été paralysé... ou endormi avec un gaz anesthésiant à effet instantané.

Rheim Ghi se redressa sur son bat-flanc. La pièce mesurait environ cinq mètres sur six, était pourvue de deux couchettes semblables à la sienne...

Un déclic se produisit et un panneau dans la paroi coulissa sur sa gauche. Deux hommes se présentèrent. Un seul était armé, le second poussait devant lui un chariot garni de nourriture.

— Qui êtes-vous ? questionna le chef des Forces spatiales d'El'hiaxorni.

On ne lui répondit pas. L'homme laissa le chariot au milieu de la cellule, tourna les talons et le panneau coulissa avec le même déclic sec.

A côté des raviers de nourriture, à première vue appétissante, était posée une boîte de cigares de Tolbia ; les cigares habituels du colonel. Il en alluma un sur-le-champ, souffla un long jet de fumée, puis fit le tour de sa cellule en examinant chaque recoin.

Outre les couchettes de relaxation, le captif disposait d'un bloc sanitaire, mais Rheim Ghi ne découvrit rien qui pût lui laisser espérer une évasion.

*
* *

A l'aide d'un assimilateur psycholinguistique, Ronny Blade et Andy Sherwood avaient assimilé en deux heures le langage n'haranghien.

Andy Sherwood, le dernier a avoir appris ce nouveau langage, quitta sa cabine et gagna le carré des officiers où il retrouva Blade en compagnie de Red Owens et de Chuck Nilson.

— Alors, des nouvelles de Will ?

Chuck Nilson secoua négativement la tête :

— Nous avons pris la même direction que lui et parcouru plus de cinquante kilomètres, environ le trajet que vous aviez décidé de faire lors de votre excursion, puis nous avons fait demi-tour pour rentrer. De toute façon, la nuit arrivait.

— Il est tombé entre les mains des autres salopards, bougonna Sherwood. Et ici, Red, rien à signaler ?

— Rien, répondit le pacha. *Le Maraudeur* est en état de défense tous azimuts.

Ronny Blade présenta son paquet de cigarettes et Andy Sherwood se servit.

— Je me propose d'aller faire une petite visite dans Hrastorg.

— Seul ? s'étonna Sherwood.

— On passe plus facilement inaperçu, fit remarquer l'intéressé. Et toi, je pense qu'il serait préférable que tu te préoccupes de retrouver William.

Sherwood admit qu'il était urgent de savoir ce qu'il était arrivé à leur ami.

— Je partirai dès l'aube à sa recherche.

— Pour traverser les fameuses Forêts de la Mort, intervint Owens, Elklad nous a expliqué qu'il s'était recouvert le corps avec une pommade spéciale contre les insectes-tueurs. Il suffira pour sa part à Ronny d'endosser une combinaison isolante, de mettre des gants et un casque avec un filet protecteur.

— En plus, continua Blade, je traverserai une partie de ces forêts à bord d'un véhicule. Je l'abandonnerai tout de même à une certaine distance de Hrastorg. Mel Simpson a peut-être fourni aux N'haranghiens du matériel de contrôle à distance.

Andy Sherwood se prépara une tasse de café instantané qu'il but à petites gorgées, pendant que Red Owens expliquait :

— Pendant que vous appreniez le langage n'haranghien, les techniciens ont réussi à réparer une partie des détecteurs à longue portée. Nous avons pu localiser avec précision Hrastorg. La cité est située à une cinquantaine de kilomètres d'ici environ.

— Tu as pu obtenir des images ? s'enquit Sherwood.

— Malheureusement, non. Le système de transmission des caméras à longue portée a brûlé. Je ne sais même pas si je parviendrai à le remettre en service. Tout dépend des pièces de rechange à bord du *Maraudeur.*

Un temps, puis il poursuivit :

— Une fois à Hrastorg, que comptes-tu faire ? Rencontrer cette fameuse Galoonreha ?

— Naturellement, répondit Blade... Elle n'a pas l'air de porter le Nouveau Conseil dans son cœur et doit sûrement en connaître beaucoup plus qu'Elklad sur les Stourmis de N'harangho.

— Si on a déjà essayé d'attenter deux fois à sa vie, elle est sûrement sous surveillance constante.

— Notre évadé doit bien savoir comment gagner discrètement le Palais Céhnjiior où elle habite.

Red Owens ressentit une légère décharge électrique à son poignet. Aussitôt, il approcha son bracelet émetteur-récepteur de sa bouche et articula dans le micro :

— Red Owens !

Une voix sortit du bas-parleur :

« Elklad est réveillé, commandant. »

— Très bien. Conduisez-le jusqu'à nous.

Le N'haranghien fit son entrée au carré des officiers moins d'une minute plus tard.

— Alors, on a fait de beaux rêves ? lui lança Sherwood.

Il avait parlé dans sa langue. L'homme ouvrit des yeux ronds en s'exclamant :

— C'est un prodige !

Lui qui n'avait pas semblé stupéfait par les techniques du *Maraudeur* était manifestement émerveillé devant un simple assimilateur psycholinguistique.

*
* *

Mel Simpson venait de terminer son rapport quand un Hradjark entra. Il échangea quelques paroles brèves en n'haranghien avec Wranghoa, qui fronça les sourcils, en levant la tête vers Simpson :

— Un fugitif, poursuivi par trois storks, a été recueilli à bord d'un véhicule conduit par un Stourmi.

— Etes-vous sûr qu'il s'agisse d'un Stourmi ?

Wranghoa rugit :

— Tous les N'haranghiens vivent dans la cité. Tous ! Aucun fugitif n'a jamais échappé aux Hradjarks !

— Je peux vous assurer que ce Stourmi ne vient pas de *La Mandragore*.

Wranghoa ne répondit pas. Mel Simpson pensa au *Maraudeur* qui l'avait suivi dans la Queue de Gorbal, mais se dit qu'il n'avait pas pu échapper aux remous, ni à la mine matélianante. Il était donc inutile d'en parler à Wranghoa.

Simpson interrogea :

— Que comptez-vous faire ? Entreprendre des recherches avec des storks pour localiser ces...

— Ils n'y suffiront pas ! Dans quelle mesure êtes-vous prêt à nous apporter une aide ?

— Je ne peux pas prendre de décision sans consulter au préalable mes supérieurs, mais je doute qu'ils refusent de vous épauler. A Raaloc, nous avons plusieurs plates-formes de reconnaissance, beaucoup plus efficaces que vos appareils.

— A ce propos, rappela vivement Wranghoa, vous deviez mettre à notre disposition plusieurs de ces appareils.

— Ce matériel militaire est coûteux ; nous devons nous montrer extrêmement prudents pour le ramener de la Confédération Interstellaire.

Le visage de Wranghoa se durcit. Mel Simpson pensa que l'on ne pourrait plus retarder indéfiniment d'armer les N'haranghiens.

A ce moment-là...

*
* *

Une fois la combinaison isolante enfilée, Blade chaussa de hautes bottes de cuir, se munit de gants et enfin d'un casque d'un filet protecteur.

— On dirait un chevalier de sa Majesté le Roi, ricana Sherwood. Il ne te manque plus qu'une lance et un fier coursier.

— Au lieu de dire des bêtises, répondit Blade, est-ce que Red a vérifié si des morrols traînaient dans le secteur ?

— Pas à moins de cent mètres du *Maraudeur*, ne t'inquiète pas... Et une fois que tu seras sorti, tu pourras facilement leur échapper en les prenant de vitesse.

D'après les coordonnées géographiques de Hrastorg, relevées par le pacha du *Maraudeur*, Ronny Blade devait remonter la plaine sur plusieurs kilomètres après être sorti de la forêt. Cela ne l'enchantait pas, car si les storks revenaient dans les parages comme on pouvait s'y attendre, ils ne manqueraient pas de le repérer. Il lui fallait donc longer le plus possible la lisière des forêts. Par chance, celles-ci ne manquaient pas.

Blade ne pouvait s'empêcher d'être inquiet. Pas pour ce qu'il allait entreprendre à Hrastorg, il verrait bien, une fois sur place, ce qui l'attendait. Mais l'attitude d'Elklad ne lui paraissait pas franche. Il cachait quelque chose. Quoi ? Il était sûrement sincère quand il affirmait ne pas porter dans son cœur le Nouveau Conseil n'haranghien et il en était sans doute de même pour Galoonreha...

Seulement...

Seulement, il y avait autre chose, Blade en aurait mis la main de ses ennemis à couper. Elklad avait un secret qu'il n'avait pas jugé nécessaire de leur révéler.

*
* *

— Qui êtes-vous ? répéta le colonel Rheim Ghi.

Une voix, sortie d'un haut-parleur, l'avait salué quelques secondes auparavant, lui demandant courtoisement s'il ne lui manquait rien dans sa cellule.

Rheim Ghi tira une bouffée de son cigare de Tolbia et répondit avec un ton ironique :

— Vous désirez négocier votre reddition ?

Un éclat de rire fit écho à sa question et la voix reprit :

— Colonel Rheim Ghi, vous êtes incorrigible, mais je préfère cela à un être diminué.

— Vous attendiez-vous à me voir désespéré d'être tombé entre vos mains ?

— Vous n'avez plus rien à espérer, colonel.

— Pourquoi ne m'avez-vous pas supprimé, dans ce cas ? Je n'ai rien à vous apprendre. D'ici deux jours à peine, le service des Forces spatiales d'El'hiaxorni aura un nouveau chef. Mon successeur est déjà désigné. Il est au courant du moindre de mes dossiers, c'est moi qui l'ai formé. Il connaît tout du service que je dirige. Tout ! Son premier soin sera de le réorganiser entièrement. Ma capture ne vous apportera donc qu'une mince satisfaction.

— Qui sait, colonel... Qui sait...

*

* *

Le changement fut flagrant lorsque Ronny Blade entra dans la Forêt de la Mort qu'il allait devoir traverser pour atteindre Hrastorg. A l'abri dans le véhicule, il n'avait rien à craindre des insectes-tueurs et des serpents-minutes qui pullulaient dans la forêt comme dans la savane. Par contre, les nappes de brouillard corrosif étaient dangereuses et il reporta toute son attention sur le tableau de bord où une série de témoins lumineux l'avertiraient d'un danger possible.

Il avait décidé d'abandonner le camion à environ cinq cents mètres des hautes murailles de Hrastorg, puis de continuer à pied.

Une lumière rouge se mit à clignoter. Aussitôt, il bifurqua sur la gauche pour éviter une première nappe de brouillard, puis à droite deux fois de suite.

La nuit tomba brutalement, sans transition.

Grâce aux caméras à infrarouges, Blade voyait le paysage sur l'écran d'un télévisionneur comme en plein jour. L'obscurité ne ralentit donc pas sa course. Deux autres fois, il dut faire des crochets pour éviter des nappes de brouillard corrosif, puis il arriva à cinq cents mètres des murailles de la cité n'haranghienne et avisa un arbre immense, au feuillage touffu. Il laissa l'engin dessous. Ainsi, il parviendrait à le retrouver sans trop de difficulté.

La bretelle d'un fulgurant de combat à l'épaule droite, celle d'un sac de cuir à l'épaule gauche, il s'éloigna du véhicule en regrettant son refuge.

Il parcourut deux cents mètres, l'œil aux aguets, puis entendit un bruit de branches brisées. Blade pressa aussitôt le pas et, cinquante mètres plus loin, il décida de faire front dans une minuscule clairière.

La bête semblait tout droit sortie des pires cauchemars qu'il ait jamais faits. Mesurant dans les cinq mètres de long, sur un de haut, son corps était boudiné, sans pattes et sa gueule fendue sur toute la longueur du museau. « Ça » chuintait, rampait, bavait... Une énorme chenille-serpent aux intentions à l'évidence belliqueuses.

Blade ne lui laissa pas le temps d'approcher. Braquant le fulgurant de combat sur l'horreur incarnée, il tira une décharge qui eut raison du monstre. Ce dernier laissa échapper un long feulement de douleur et s'effondra, le corps aux deux tiers carbonisé.

« Il s'agit maintenant de savoir si l'horreur fait dans l'attaque solitaire ou si toute une horde rôde à proximité », se dit Blade en s'adossant au tronc d'un arbre et en examinant la forêt autour de lui, prêt à ouvrir le feu à nouveau. Son casque étant muni d'une visière à infrarouges, il scruta les environs, mais aucune autre chenille-serpent ne montra le bout de son vilain museau.

Il se remit en route et atteignit rapidement les murailles de Hrastorg. Elles étaient hautes d'une vingtaine de mètres à peine. C'était suffisant, d'après Elklad, pour empêcher les insectes-tueurs de les franchir.

Blade sortit les deux paires de crampons pour les pieds et les mains qu'il avait emportées dans le sac de cuir et commença l'ascension des murailles.

Il gravit ainsi une dizaine de mètres avant de marquer un temps d'arrêt, accroché à la pierre tel un insecte, puis reprit sa progression en considérant tous les adeptes de la varappe comme des cinglés. Il atteignit avec joie le faîte des murailles.

Celles-ci étaient terminées par des piques de fer. Blade y attacha l'extrémité de son filin magnétique avant de se laisser glisser à l'intérieur de la cité n'haranghienne dont il foula le sol avec soulagement.

Blade examina ce qui l'entourait. La cité, dans sa périphérie, était plongée dans l'obscurité. Il y avait, certes, des patrouilles de Hradjarks, mais elles n'étaient pas bien attentives, les N'haranghiens étant certains d'être les seuls habitants de la planète. Quant aux évasions... la forêt veillait !

Blade n'avait donc pas grand-chose à craindre tant qu'il resterait au pied des murailles. Par contre, une fois dans la ville, ce serait une autre histoire. Le couvre-feu était toujours de rigueur.

Malgré le plan sommairement tracé par Elklad pour parvenir jusqu'au Palais Céhnjior, Blade aurait des difficultés pour passer incognito.

De plus, le jour n'allait plus tarder à se lever et avant l'aube, il devait absolument dénicher des vêtements n'haranghiens. Pour cela, le plus simple était encore de pénétrer dans un appartement.

Il leva son poignet et enfonça la touche d'appel de son bracelet émetteur-récepteur pour prendre contact avec *Le Maraudeur*, mais au lieu d'obtenir aussitôt la communication, il n'entendit qu'une friture désagréable. Quelqu'un brouillait les ondes. C'était possible à partir d'un autre émetteur-récepteur, réglé sur la même fréquence.

A l'évidence, « on » se servait pour cela du bracelet de William Baker. Cela signifiait que ce dernier était dans le meilleur des cas prisonnier... et dans le pire, mort ! Blade n'osa imaginer cette dernière hypothèse.

Toujours d'après les indications d'Elklad, Blade savait que les citoyens les plus défavorisés habitaient aux abords des murailles. Il s'avança dans une ruelle sombre, distinguant à peine l'architecture n'haranghienne. Il la devinait sinistre. De massifs immeubles aux façades sombres.

Il ressortit ses crampons, les chaussa et se ganta, puis escalada l'une de ces dernières. Les fenêtres n'avaient pas de carreaux à proprement parler, mais une sorte de toile fine. Arrivé au troisième étage, il dégaina son couteau et découpa de trois côtés la toile du carreau.

D'abord, il jeta un œil dans la pièce et distingua une forme allongée dans un lit. Ignorant le système d'ouverture des fenêtres qui lui sembla terriblement compliqué, il se glissa dans la pièce par l'ouverture qu'il venait de pratiquer, parfaitement silencieux.

Succès totalement anéanti dans la seconde qui suivit son premier pas dans la chambre, lorsque son pied rencontra un banc en bois qu'il n'avait pas vu. Blade s'étala au beau milieu de la pièce, dans un barouf épouvantable.

Aussitôt, l'occupant du lit se redressa, puis le quitta.

— Qui est là ?

Heureusement, l'homme avait le réveil difficile et les réflexes lents. S'approchant imprudemment de la source du bruit, il ne vit pas Blade et celui-ci n'eut aucun mal à le faire s'étaler à son tour de l'un de ses fameux fauchages qui lui avaient valu plus d'un succès en compétition sportive.

Blade se releva et empoigna son pistolaser par le canon pour assommer l'homme avant qu'il n'ait esquissé le moindre geste et poussé de cri.

« Pour un peu, il s'imaginera avoir fait un mauvais cauchemar, songea-t-il. Ce *peu* sera sûrement une grosse bosse ! »

Le bref affrontement avait-il réveillé la maisonnée ? Blade écouta, attentif, mais n'entendit aucun bruit. Il s'approcha alors d'une porte, l'entrebâilla, jeta un coup d'œil dans une pièce commune, déserte à cette heure. Il alluma sa mini torche, puis referma et tira le verrou avant d'avancer vers un grand bahut, voisin du lit de sa victime.

Le meuble contenait exactement ce qu'il désirait. Les vêtements n'haranghiens n'étaient guère sexy : des pantalons bouffants, serrés aux chevilles par des lanières de cuir et des chemises de couleur sombre, au col droit.

Blade n'avait pas tout à fait le gabarit de leur propriétaire qui devait être un drôle de costaud. Mais après des recherches, il finit par dénicher une tunique et un pantalon presque à ses mesures. Il s'en vêtit et, finalement, en gardant sa combinaison isolante sur lui, les vêtements furent à sa taille.

Il dépendit encore, à une patère dans le mur, un manteau de toile.

Avant de sortir, il recoucha l'homme dans le lit. C'est tout ce qu'il pouvait faire pour lui.

Il n'était pas question de repartir par la fenêtre. Blade décida de sortir par la porte principale et pour cela, allait traverser la pièce commune lorsqu'une voix toute jeune, dans son dos, s'éleva :

— Grahghor, où vas-tu ?

*

* *

Voilà deux heures que Ronny Blade avait quitté *Le Maraudeur*. Red Owens avait mis une cabine à la disposition d'Elklad et celui-ci avait feint le sommeil. Quand il jugea que la grande majorité de l'équipage du vaisseau devait dormir à poings fermés, il quitta la cabine.

Il n'emportait que son grand bâton noueux et la boîte de pilules nutritives qu'il avait subtilisée dans le tiroir du tableau de bord, lors de son séjour dans le poste de pilotage.

L'élévateur le déposa dans la soute d'accueil et il s'apprêtait à faire coulisser le sas d'admission quand un homme d'équipage apparut à son tour dans la soute, venant d'un couloir, et s'immobilisa en le voyant.

— Où allez-vous ?

Le N'harangien avait déjà levé son bâton noueux qu'il projeta, telle une lance, vers le front du technicien. L'embout ferré percuta le cosmogateur à la tempe et il s'effondra avec un léger cri. Elklad bondit jusqu'à lui et, rapidement, décrocha le ceinturon de son pistolaser pour le passer autour de sa taille. Il n'avait jamais utilisé une telle arme, mais en comprenait aisément le maniement.

Quelque temps auparavant, il avait vu un Stourmi, dans une rue de Hrastorg, dégainer son pistolaser pour tirer sur un riols, un petit serpent qui proliférait dans les bas quartiers de la cité.

L'aube se levait à peine lorsqu'il quitta *Le Maraudeur*.

*

* *

Ronny Blade pivota en dégainant son pistolaser. Dans l'embrasure d'une porte, à gauche de la chambre qu'il venait de quitter, se profilait une jeune fille, vêtue d'une robe de la même toile que celle du manteau qu'il portait. Elle tenait à la main une lampe à huile.

— Mais... tu n'es pas Grahghor !

En deux bonds, Baker fut sur elle, étouffa son cri, la ceinturant d'une main et lui plaçant l'autre sur la bouche... Elle gigota quelques secondes, puis se calma.

— N'aie pas peur !

Malgré la faible lueur de la lampe à huile, Blade put se rendre compte que la fille était ravissante. Une petite brune au nez effronté, dont le regard, toutefois, était pour le moment paniqué.

— Je ne vais pas te tuer, ne crains rien. Quant à Grahghor, il est toujours en vie.

— Qui... es-tu ?

Blade la relâcha et la petite brune l'observa avec méfiance, s'exclamant tout à coup :

— Tu es un Stourmi !

— Gagné ! Tu n'es pas xénophobe, j'espère ?

— Xéno... quoi ?

Xénophobe était un mot typique de l'omnia lingua qui n'avait pas son équivalent en n'haranghien.

— Tu n'as rien contre les Stourmis, je veux dire ?

Pas de réponse. Si elle n'avait rien contre, elle n'avait rien « tout contre » non plus ! Elle examinait Ronny Blade des pieds à la tête, d'un air suspicieux, puis émit l'évidence :

— Ces vêtements sont à Grahghor !

— Encore gagné ! Je les lui ai, comment dire... empruntés ! Qui est-il ? Ton frère, ton père, ton mari ?

— Je suis sa servante.

— Il a donc les moyens ? Je croyais que tous les habitants proches de la muraille étaient pauvres ?

— C'est le propriétaire du commerce de « Toile & Vêtements », dans la rue.

Blade se fabriqua son sourire le plus charmeur pour interroger ensuite :

— Tu n'as pas l'air de l'aimer, ton patron ?

Elle eut une moue désabusée, grommela quelque chose d'incompréhensible, alors il poursuivit :

— Jolie comme tu es, tu mérites mieux qu'une place de servante.

« Envoyez les violons ! se dit Blade. Qu'on soit sur n'importe quelle planète de l'Univers, ça marche *toujours* ! »

— Grahghor me nourrit bien.

« Le brave homme ! » se dit encore Blade.

Mais la situation économique des jeunes filles de Hrastorg n'étant pas la première de ses préoccupations, il résuma :

— Bon, j'ai volé ton patron. Je ne vais pas te trucider, alors que vas-tu faire ? Me dénoncer aux Hradjarks ?

— Si je tentais de le faire, tu me tuerais.

— Non.

Elle le regarda droit dans les yeux et lui lança :

— Je ne te crois pas.

— Ah !

Un temps, puis :

— Ferme les yeux !

— Quoi ?

— Ferme les yeux, te dis-je.

Surprise, elle hésita une seconde, puis obtempéra. Blade s'avança d'un pas et colla ses lèvres sur les siennes pour l'embrasser. La réaction de la jeune personne arriva sous la forme d'une gifle aussi cinglante qu'immédiate.

— Qu'est-ce qui te prend ?

— Et toi ?

Vexé, Blade haussa les épaules et, d'un air boudeur, tourna les talons en laissant tomber :

— Et puis, fais ce que tu veux. Dénonce-moi si ça te chante.

« De toute façon, elle a un nez en trompette complètement ridicule », se consola Blade qui avança vers la porte palière, mais la fille lança brusquement :

— Les Stourmis sont les alliés du Nouveau Conseil.

— Pas moi !

Blade atteignait la porte au moment où il entendit :

— Je ne te dénoncerai pas !

Il se tourna vers elle, la regarda à son tour droit dans les yeux, puis interrogea :

— Pourquoi ?

Elle haussa les épaules :

— Je ne sais pas.

Ils restèrent un instant l'un face à l'autre, puis Blade se dit qu'il serait temps de mettre son orgueil de sex-symbol dans sa poche avec son mouchoir dessus et interrogea :

— Tu connais le Palais Céhnjior ?

— C'est le plus riche palais de Hrastorg, indiqua-t-elle.

— Il est loin d'ici ?

— Il faut traverser la ville, mais tu n'y parviendras pas de nuit sans te faire repérer.

— A cause des Hradjarks ?

Elle acquiesça.

— De jour, j'aurais plus de chance ?

— Je te conduirai.

— Pour quelles raisons m'aiderais-tu ?

— Si tu te rends au Palais, tu dois être un homme influent et tu pourras m'y faire engager.

— Engager ?

— Comme servante, qu'importe ! Tout est préférable pour moi, plutôt que de croupir chez Grahghor. Je n'ai rien à y espérer.

— Et là où nous allons ?

— Elklad est un bon maître, paraît-il.

— Elklad ? C'est un simple serviteur de Galoonreha.

La jeune fille pouffa de rire :

— Son serviteur ? Où as-tu été prendre une sottise pareille ? C'est son frère, oui ! Le maître du Palais depuis la mort de leur père et il est membre du Nouveau Conseil.

Blade hocha la tête :

— Nouveau Conseil que dirige Wranghoa ?

Elle approuva. Il ne s'était donc pas trompé, Elklad cachait bel et bien quelque chose.

CHAPITRE IV

La remarque judicieuse de la servante de Grahghor sur l'impossibilité d'atteindre discrètement le Palais Céhnjior de nuit décida Ronny Blade à accepter l'offre d'aide de la demoiselle, insensible (momentanément, espérait-il) à son charme.

Il s'installa d'une fesse sur le rebord d'une table pour continuer à converser.

— Je t'offrirai mieux qu'une place de servante si tu m'es une alliée fidèle. D'abord, comment t'appelles-tu ?

— Loo... Et toi ?

— Blade... Ronny Blade. Ron pour les intimes.

Mine pincée, elle répliqua :

— Nous ne sommes pas intimes.

— Je viens de l'apprendre à mes dépens.

Loo avança jusqu'à lui, posa sa lampe sur la table, puis s'inquiéta :

— Qu'as-tu fait à Grahghor ?

— Aucun mal, il se réveillera seulement avec une grosse bosse sur la tête.

— Je vais t'aider, mais je ne veux pas qu'il le

sache. Il nous dénoncerait aussitôt aux Hradjarks.

— Qu'y gagnerait-il ?

— C'est un pleutre.

Blade murmura :

— Je vais remédier au risque d'un réveil prématuré de sa part.

Il fouilla dans la poche de sa combinaison, sous les vêtements pris au commerçant, et sortit une morphée. C'était un petit carré métallique de cinq centimètres de surface, faisant office de seringue sous-cutanée portative. Une simple application sur la peau d'un être humain et celui-ci ne se réveillait pas avant vingt-quatre heures.

Il l'expliqua à Loo, avant de se rendre dans la chambre de son maître, toujours inconscient. Il le piqua sur le bras, puis revint dans la salle commune où la jeune fille lui désigna un fauteuil de bois.

— Le jour ne va pas tarder à se lever, nous partirons à ce moment-là, quand les premiers N'haranghiens sortiront dans les rues.

— OK, Loo... En attendant, n'as-tu rien à boire ?

Elle avança jusqu'à une armoire pour prendre un crûchon et des gobelets d'argile.

— De l'extrait d'orlant, indiqua-t-elle.

— Qu'est-ce que c'est ?

— Une fleur, cultivée à l'intérieur de Hrastorg.

Elle le servit pendant qu'il ne pouvait s'empêcher de la détailler complaisamment. A cause de sa robe ample, il ne pouvait pas se faire une idée exacte de son corps, mais son minois, « soyons objectif et pas rancunier », songea-t-il, était plaisant. Son nez en trompette, finalement, était plutôt agréable.

Loo surprit son regard appréciateur et arbora une mine beaucoup plus effrontée. Il en profita pour s'enquérir :

— Pourquoi m'as-tu giflé ? Dans la Confédération d'où je viens, le baiser est une coutume pour témoigner des bons sentiments.

Elle eut une moue dubitative :

— Une coutume...

Il leva la main, déclara d'une voix solennelle :

— Croix du père, croix de la mère, si je mens, je suis déshérité !

Puis il poursuivit :

— Nous avons maintes et maintes manières de prouver nos bons sentiments. Allons, soyons amis, approche-toi... A moins que je ne t'effraie.

Elle fit un pas en avant. Il se leva pour lui passer un bras autour des épaules.

— Ici, ce sont les amants qui se conduisent ainsi.

Et, avec la plus extrême hypocrisie, il s'étonna :

— Tiens donc, c'est bizarre !

Il se pencha et l'embrassa à nouveau sur la bouche ; cette fois, elle se laissa faire, tout de même un peu contractée ; d'abord, un baiser timide, auquel elle répondit avec retenue, puis il pointa sa langue et elle se prit au jeu. Tant et si bien que lorsqu'elle se recula légèrement, elle articula :

— Je crois que tu me mens, Ronny Blade !

Il s'écria, indigné :

— Moi, mentir à une femme ? C'est mal me connaître.

Un sourire amusé naquit à ses lèvres.

« Tu as eu raison de t'accrocher, Ron », s'autofélicita-t-il.

Les baisers se succédèrent et ses mains se hasardèrent dans la découverte de cet Everest n'haranghien, l'une par la face Nord, l'autre par la face Sud...

L'envie ne lui manquait pas de la coucher sur la table, mais outre le fait qu'il ne se comportait jamais comme un hussard (sauf à la demande), Blade n'oubliait pas les raisons de sa présence ici et surtout le mensonge d'Elklad. C'est très à regret qu'il se détacha de Loo pour saisir les verres d'extrait d'orlant. Il tendit le premier à la jeune fille et porta le second à ses lèvres. Un breuvage très doux qui ne risquait pas d'enivrer trop vite.

— Pourquoi croyais-tu qu'Elklad était un serviteur du Palais Céhnjior ? interrogea la jeune femme.

— C'est ce qu'il m'a raconté.

— Tu le connais donc ?

— Il était poursuivi par des Hradjarks et je lui ai sauvé la vie.

Elle sursauta :

— Poursuivi par des Hradjarks ?

— Il a fui Hrastorg en traversant la Forêt de la Mort, afin de savoir si on pouvait vivre au-delà, soi-disant à la demande de Galoonreha.

— Sa sœur et lui sont en butte au Nouveau Conseil, mais pourquoi voudraient-ils fuir Hrastorg ?

— D'après Elklad, Galoonreha a échappé à deux attentats, fomentés par Wranghoa.

— C'est impossible ! Jamais le nouveau maître du Grand Conseil n'oserait attenter à la vie de son frère. Ce sont les seuls, peut-être, à connaître les découvertes de leur père, si découvertes il y a eu.

— Rentoonreha faisait effectuer des recherches afin de trouver des traces de l'ancienne civilisation de N'harangho.

— Elles ont abouti ?

— Seuls Elklad ou sa sœur pourraient te répondre. S'ils veulent quitter la ville, c'est afin de poursuivre les recherches à leur profit.

Perplexe, Blade admit :

— Tu en sais des choses pour une simple servante, dis donc.

— Autrefois, je vivais dans la haute ville avec mon frère, mais il a été compromis dans un vol et exécuté. J'ai été obligée de venir vivre dans ce quartier.

— Exécuté pour un simple vol ?

— La loi est dure pour ceux qui l'enfreignent.

Elle confirmait ce qu'avait dit Elklad. Les N'haranghiens ne badinaient pas avec l'ordre. Blade reprit Loo dans ses bras pour un nouveau baiser au moment où un premier rayon de soleil pénétrait dans la pièce.

*
* *

Elklad avançait rapidement dans la forêt, guettant le moindre bruit annonçant un danger éventuel. Jusqu'à présent, il avait réussi à échapper par deux fois aux morrols, mais il restait vigilant.

Il atteignit bientôt la lisière de la forêt alors que l'aube se levait et sans s'apercevoir qu'Andy Sherwood et Chuck Nilson le suivaient à quelques centaines de mètres à bord d'un véhicule dégravité.

— Tu vois, murmura Sherwood à son ami. Je savais bien que ce gars-là nous préparait un sale coup. C'est qu'il a le nez pour sentir ça, le père Andy !

Andy Sherwood, redoutant une traîtrise de la part du N'haranghien, avait dissimulé un minuscule émetteur dans les vêtements qu'il lui avait donnés. Ainsi, Chuck Nilson et lui pouvaient le suivre de loin sans risquer de perdre sa trace.

*
* *

Loo alla jeter un coup d'œil par la fenêtre et indiqua :

— Les premiers N'haranghiens sortent, nous pouvons y aller.

— On ne risque pas d'être contrôlés dans la ville ?

— Heureusement, les contrôles n'ont lieu que pendant le couvre-feu. C'est une mesure pour prévenir la criminalité. De toute façon, personne ne s'aviserait de s'opposer à une décision du Nouveau Conseil.

Loo quitta la pièce et revint quelques instants plus tard, vêtue d'une robe grise, retenue à la taille par une ceinture. Aux pieds, elle avait chaussé de courtes bottes en feutre.

Blade s'inquiéta :

— On me prendra pour un N'haranghien, à ton avis ?

Elle approuva d'un mouvement de la tête :

— Mets ce chapeau de Grahghor.

Un chapeau mou, aux larges bords souples. Il n'y avait pas de miroir pour que Blade pût se faire une idée de son allure, mais elle devait être cocasse.

Ils sortirent. L'escalier était heureusement désert. Par chance, ils ne croisèrent personne et une fois dans la ruelle, Loo l'entraîna vers une grande place publique.

Les N'haranghiens n'affichaient pas une très grande joie de vivre. Blade en fit la remarque à la jeune femme :

— C'est à cause des épidémies, lui répondit-elle. Elles ont profondément traumatisé tout notre peuple.

— Et le Nouveau Conseil entretient plus ou moins cet état d'esprit déprimant ?

Elle ne répondit pas. Elle avait décidé de l'aider dans l'espoir qu'il soit l'artisan de sa promotion sociale, mais n'était peut-être pas réellement hostile au Nouveau Conseil dirigé par Wranghoa comme Elklad et Galoonreha.

Quoique, eux, leur opposition au nouveau régime venait sûrement pour une bonne part de leur ambition politique personnelle. Ça ne gênait pas particulièrement Blade, mais le frère et la sœur n'avaient peut-être pas autant de partisans dans la population n'haranghienne que le premier voulait bien le laisser entendre.

Une fois arrivés à la place publique, ils enfilèrent une large avenue en pente.

— Le Palais Céhnjior est sur la plus haute colline, là-bas !

Loo le lui désigna en tendant le bras. Une énorme construction rébarbative, mais toutes les habitations de la ville l'étaient.

— Il n'y a pas moyen de trouver de transport public ? s'enquit Blade.

— Nous pourrions louer des klecs (une espèce de chevaux sans poils, d'une blancheur laiteuse), mais c'est inutile, nous ne sommes pas chargés.

Ils remontèrent l'avenue, débouchèrent sur un grand carrefour fourmillant de monde où Blade dénombra une quantité respectable de Hradjarks, mais Loo le rassura :

— Ils n'ont aucune raison de s'intéresser à nous.

Encore dix minutes de marche et ils parvinrent enfin au but. Les femmes et les hommes qu'ils croisaient désormais avaient meilleure allure. Leurs vêtements étaient moins tristes, mais leurs airs n'étaient pas plus joyeux pour autant.

Les policiers étaient de plus en plus nombreux, également. Loo marchait d'un pas vif, sans paraître inquiète. Elle se retourna soudain vers Blade :

— Elklad t'a indiqué comment pénétrer à l'intérieur ?

— Je dois frapper à une porte en forme de T et répondre « Rentoonreha » à celui ou à celle qui viendra m'ouvrir.

— Ce doit être une porte donnant dans les dépendances du palais.

Aussitôt, ils bifurquèrent dans un petit chemin de terre afin de contourner le palais ; subitement, la jeune femme accéléra le pas. Craignait-elle quelque chose ? Blade fut sur le point de l'interroger quand elle s'exclama :

— Voilà la porte !

Elle était en bois massif et effectivement en forme de T. Pas de poignée, ni de serrure. Blade frappa longuement, puis se tint tout de même prêt à dégainer son pistolaser. Ils entendirent des pas, puis la porte s'ouvrit sur un vieillard qui leva sur lui un regard interrogateur.

Baker articula distinctement :

— Rentoonreha !

Le vieillard tiqua, l'observa avec surprise et, sans un mot, s'effaça pour lui permettre, ainsi qu'à Loo, d'entrer dans une salle encombrée de tout un fatras de meubles, de sacs de nourriture et de barriques.

— Que voulez-vous ? questionna le vieillard.

— Galoonreha est ici ?

— Elle repose encore.

— Je n'ai pas le temps d'attendre son réveil. Prévenez-la de mon arrivée, je dois la rencontrer sur-le-champ.

Un temps, puis il questionna :

— Qui êtes-vous ?

— Marlek, l'intendant du palais.

Il les précéda dans un couloir. L'intendant ne lui avait rien demandé.

Après le couloir, un escalier les mena au premier étage où Marlek les fit pénétrer dans une pièce pourvue de chaises et de fauteuils en bois.

— Je vais prévenir ma maîtresse.

Il s'en alla. Loo et Blade s'assirent l'un près de l'autre.

— Sais-tu si Galoonreha est mariée ? interrogea-t-il.

— Non... Elklad non plus.

Blade aurait bien aimé se pencher pour l'embrasser ; elle ne refuserait certainement pas, mais ce n'était ni le moment, ni le lieu. D'autant que la porte par laquelle Marlek était sorti venait de s'ouvrir sur plusieurs Hradjarks armés jusqu'aux dents. Blade n'eut pas le loisir d'esquisser le moindre mouvement.

— Pas un geste ! hurla celui qui semblait commander le groupe de soldats.

Deux Hradjarks restèrent dans le couloir, pendant que trois autres s'approchaient pour fouiller Loo et Blade. Ils retirèrent à ce dernier son fulgurant de combat et son pistolaser, mais au moment où l'un des soldats tenta de récupérer la boîte métallique accrochée à son ceinturon, Blade avança la main pour la retirer lui-même.

— Laissez-moi faire ! déclara-t-il d'un ton autoritaire.

Et sans attendre qu'on lui accorde la permission, il entreprit de détacher la boîte, s'arrangeant pour faire sauter d'un coup de pouce le clapet de fermeture et saisir entre deux doigts une grenade anesthésiante sans que les policiers ne songent à l'en empêcher. A l'évidence, ils ne connaissaient pas cette arme.

D'une pichenette, Blade expédia à leurs pieds une minuscule bille contenant un gaz soporifique extrêmement puissant. Tandis qu'un nuage noir s'élevait avec une rapidité foudroyante, il bouscula les Hradjarks, empoigna Loo par un bras et l'entraîna au sol.

Trop tard, la jeune N'haranghienne avait respiré la fumée et s'écroula, elle aussi. Les soldats, restés dans le couloir, eurent la mauvaise idée de s'avancer dans la pièce et tombèrent à leur tour.

Blade, à plat ventre sur le dallage, attendit que le gaz se dissipe. Celui-ci stagnait à environ trente centimètres du sol. La chance de Blade avait été d'avoir affaire à des N'haranghiens et non à des Stourmis.

« Que faisaient les Hradjarks au Palais Céhnjior ? » se demanda-t-il.

Pour le moment, il ne pouvait pas bouger. Un providentiel courant d'air, venu de la porte restée grande ouverte, dissipa le gaz en quelques minutes et il put se redresser sans risque.

Il récupéra ses armes, puis décida de faire le tour du palais à la recherche de Marlek qui, sans nul doute, l'avait dénoncé.

Toutes les pièces de l'étage étaient désertes. Blade s'apprêta donc à gagner le second étage quand il entendit un bruit au rez-de-chaussée. Il prit position au sommet de l'escalier et vit apparaître l'intendant. Le septuagénaire, inquiet de ne pas voir redescendre les soldats, grimpait l'escalier, l'air soupçonneux.

Il eut un haut-le-corps en voyant Blade devant lui, pistolaser braqué.

— Tu ne t'attendais pas à celle-là, hein ? Approche !

Le vieillard arriva à sa hauteur et Blade l'empoigna par le col de son vêtement pour l'entraîner manu militari jusqu'à la pièce, jonchée de corps inanimés.

— Si tu ne veux pas perdre tes droits à la retraite, tu as intérêt à m'expliquer pourquoi tu m'as dénoncé.

Terrorisé, Marlek bégaya d'une voix chevrotante :

— C'est... C'était un ordre du Nou... Nouveau Con... Conseil ! Maî... Maîtresse Galoonreha a... a disparu.

— Tiens donc !... Et Elklad ?

— Lui... Lui a fui la... la...

— La cité, d'accord ! Pour quelles raisons ?

— Je ne sais pas... Je ne sais pas !

— Tu as trente secondes pour trouver. Dépêche-toi !

— Il veut retrouver... le... les traces de... de l'ancienne civilisation de N'harangho.

— Sa sœur est partie avec lui ?

— Non... Elle, elle a disparu juste après son départ... hi... hier !

— Comment ça, disparue ? Un coup de baguette magique ?

— Je l'ignore... Je l'ignore, je vous le jure ! Le Nouveau Conseil l'a fait chercher et Wranghoa a ordonné aux Hradjarks de surveiller le Palais Céhnjior. A votre arrivée, je les ai prévenus, mais... mais j'étais obligé, je vous le jure ! Ne... Ne me tuez pas ! Je vous en sup...

Il n'eut pas le temps de terminer. Blade n'eut même pas à le frapper. L'intendant s'écroula de lui-même. Un évanouissement en « émotion majeure » à moins que ce ne fût tout simplement une crise cardiaque !

Les soucis cardio-vasculaires de l'intendant du Palais Céhnjior n'étaient pas du ressort de Blade qui avait d'autres N'haranghiens à fouetter.

Le plus urgent lui sembla être de quitter les lieux, sans oublier d'emmener Loo. Il souleva la jeune fille inconsciente et dégringola l'escalier jusqu'au rez-de-chaussée. Il ne lui était toutefois pas possible de traverser Hrastorg en portant Loo sur son épaule.

Et, de toute façon, il n'avait pas encore quitté le palais Céhnjior !

Un coup d'œil par le judas de la porte principale lui suffit pour dénombrer pas moins d'une demi-douzaine de Hradjarks qui attendait dans la rue avec des signes évidents d'impatience. Tant et si bien que l'un d'eux venait justement aux nouvelles. Blade n'eut que le temps de refluer précipitamment vers l'intérieur du palais.

*

* *

Le lieutenant M'lounrha n'avait pas jugé utile de rendre ses vêtements à William Baker. Ses trois complices avaient rapidement enfilé des combinaisons moulantes bleues. La brune s'était installée au volant du camion dégravité, tandis que Baker, complètement nu et sous la menace du pistolaser de M'lounrha, s'asseyait face à elle, et encadré par les deux blondes, à l'arrière du véhicule.

Voulait-elle l'humilier ?... Ou aimait-elle le regarder dans une tenue où elle l'avait tellement apprécié ? Du moins, le croyait-il...

Le véhicule s'ébranla et Baker lança :

— Tu es la seule survivante ou allons-nous retrouver tes complices ?

— Le capitaine Shtula-Parko est également en vie, ainsi que le commodore Dooranko. Dois-je te préciser que nous n'avons échappé que par le plus grand des hasard au massacre de la Marmite du Diable…

Elle eut un rictus mauvais :

— Un nom prédestiné ! Seulement, nous n'avions jamais pensé que nous en serions les victimes.

Baker avait assisté au carnage. La Marmite du Diable était une vallée de glace que les Galactiques avaient dynamitée. Lorsque les explosions s'étaient produites en chaîne, des centaines de lueurs pourpres avaient éclaté dans les profondeurs de la masse glacée et, en une fraction de seconde, dans un bouillonnement titanesque, la glace épaisse de seize cents mètres s'était vaporisée ! Portée à plusieurs millions de degrés centigrades, ses éléments atomiques entrèrent en fusion, transformant en énergie les dizaines de milliers d'astronefs ennemis et leurs occupants[1].

Il y avait donc eu des survivants… et parmi eux le médecin-lieutenant M'lounrha qui avait été sa maîtresse… et le capitaine Shtula-Parko qui avait été celle de Ronny Blade.

Des maîtresses qui n'avaient pas hésité un seul instant, à l'époque, à programmer leur mort.

*
* *

La pièce où Ronny Blade s'était réfugié était un vaste salon où l'on devait organiser des réceptions. C'était le premier endroit d'apparence cossue qu'il

1. Voir *Les Légions de Bartzouk*, SF Jimmy Guieu n°62.

voyait à Hrastorg. Il n'avait malheureusement pas le temps de s'attarder à admirer tentures, meubles et tapis multicolores. Il devait rapidement trouver une issue pour quitter le palais Céhnjior et mettre la plus grande distance entre les Hradjarks et lui.

Si Loo n'avait pas été si lourde dans ses bras, la tâche lui aurait paru plus simple. Elle valait son pesant d'os, de chair et de sang, même si le tout était joliment agencé.

Après le salon, il déboucha dans un couloir et arriva à un escalier en colimaçon qui descendait sous terre ; il se demanda s'il faisait bien de s'enfoncer sous terre, mais avait-il le choix, de toute façon ? Des ordres fusaient derrière lui et des pas résonnaient dans le couloir. Il eut tout juste le temps de disparaître dans l'escalier pour ne pas être vu par les policiers.

Il se colla contre la paroi. Les soldats n'haranghiens ne firent que passer, mais s'attardèrent à proximité de l'escalier pour tenir un conciliabule afin d'organiser les recherches.

L'idéal, pour Blade, aurait été de déposer Loo quelque part où elle aurait eu tout le temps de retrouver ses esprits et de reprendre ainsi la liberté de ses mouvements. Il refusa néanmoins cette solution qui lui aurait donné l'impression d'abandonner la jeune fille à son sort.

Il continua de descendre l'escalier qui n'en finissait pas. L'obscurité devint bientôt totale et il dut ralentir sa progression.

Lorsqu'il considéra s'être suffisamment éloigné du sommet de l'escalier, il prit le risque de lancer le rayon de sa minuscule lampe-torche.

L'escalier s'avéra interminable, puis finalement il arriva dans une cave, apparemment sans le moindre intérêt et sans la moindre issue où les

Hradjarks finiraient immanquablement par venir le cueillir.

— Fait comme un rat ! grinça-t-il.

*

* *

Une odeur méphitique régnait dans la cave dont Ronny Blade, par acquit de conscience, examinait chaque recoin. Cette odeur provenait d'une abondante réserve de fleurs rouges et jaunes, entassées contre un pan de mur. Des fleurs d'orlant, d'où était tiré l'extrait du même nom.

Il s'apprêtait à remonter et à affronter les Hradjarks quand soudain le rayon lumineux de sa torche accrocha une ouverture, presque dissimulée par un gros sac de toile. Il déposa Loo à terre et s'approcha pour l'examiner de plus près.

Cela ressemblait à une sorte de boyau en pente. Ses parois bien sèches ne servaient pas à l'écoulement d'un liquide. On devait plutôt s'en servir pour faire glisser des choses.

Etait-ce une issue ou un cul-de-sac ? L'idée de se laisser glisser à l'intérieur ne lui disait rien qui vaille. Il avait bien été un adepte passionné du toboggan dans sa prime jeunesse, mais le goût lui en était passé avec l'outrage des ans.

« J'y va-t'y, j'y va-t'y pas ? »

La question trouva sa réponse dans les pas qui résonnèrent brusquement dans l'escalier et qui annonçaient l'irruption très prochaine des Hradjarks. Blade n'hésita pas plus longtemps. Il empoigna Loo et la fit glisser dans le boyau les pieds en avant. En la maintenant d'une main, il attrapa le gros sac de toile qu'il avait repoussé pour dégager l'ouverture et, à son tour, s'engouffra dans le boyau en ramenant le sac derrière lui.

Blade espérait pouvoir ainsi se cacher le temps que les policiers visitent la cave, puis ressortir dès qu'ils seraient partis. Il n'avait malheureusement pas prévu la raideur de la pente et, au premier faux mouvement, il ne put se retenir. Leurs deux corps furent emportés dans une magistrale glissade dans laquelle Loo et Blade meurtrirent douloureusement leurs anatomies respectives avant d'atterrir sans trop de casse sur un sol de sable qui atténua leur chute.

Elle n'avait toujours pas repris conscience. Blade, lui, mit plusieurs secondes à comptabiliser ses abattis, comptant et recomptant ses os un par un pour vérifier s'il lui en manquait, puis se concéda encore un répit avant de se redresser en grimaçant.

La caverne où ils avaient atterri était vaste et pourvue d'un lac aux eaux calmes. Il y régnait une faible luminosité, provenant de pierres incrustées dans la roche.

Le silence était impressionnant... et même un rien angoissant. Un silence qui annonçait souvent les mauvaises surprises.

Tout à ses inquiétudes, Ronny Blade s'enquit de l'état de la jeune femme. Elle était toujours vivante et en serait quitte pour se réveiller avec des courbatures monstres.

— Dans un sens, articula Blade à voix haute, dormir au milieu du danger, c'est pas plus mal... Et les Hradjarks, dans tout ça ?

Il leva la tête vers l'extrémité du boyau par lequel ils étaient arrivés dans cette caverne, comme s'il avait redouté de les voir surgir à leur tour, mais non, les valeureux soldats du Nouveau Conseil de Hrastorg — s'ils avaient découvert le boyau rocheux — ne semblaient pas avoir jugé utile de suivre ce chemin pour rattraper les fugitifs.

Et si on leur indiquait une autre manière de parvenir dans cette caverne ? Dans l'esprit de Blade, « on » étant en l'occurrence Marlek, le vénérable et très hypocrite intendant.

Il fit quelques mouvements d'assouplissement pour battre le rappel de tous ses muscles. Il n'avait rien de cassé, mais souffrait de partout.

Son regard s'attarda sur Loo dont la robe, retroussée pendant la glissade, remontait très haut sur les reins. Elle ne portait pas le moindre sous-vêtement et le tableau était affriolant. Blade rabattit chastement le vêtement sur les blanches cuisses de la jeune N'haranghienne, la souleva et entreprit le tour du lac dans l'espoir de découvrir un passage. Sinon, il lui faudrait se décider à le traverser à la nage pour chercher une issue.

Elle commença à bouger. Elle n'avait pas dû respirer beaucoup de gaz anesthésiant. Blade lui humidifia longuement le visage, lui tapota les joues et lui parla tendrement avec des mots comme il savait si bien en dire aux jeunes filles. Le résultat ne se fit pas attendre, elle ouvrit les yeux. Un temps avant de réaliser qui il était, puis elle murmura d'une toute petite voix :

— Ronny…

— Lui-même !

Elle fit un effort pour se tenir le buste droit, secoua la tête, toussa, puis demanda :

— Les… les Hradjarks ?

— Nous leur avons échappé.

Loo regarda autour d'elle et questionna à nouveau :

— Où sommes-nous ?

— Dans une caverne située sous le palais ; c'est

le seul endroit que j'ai trouvé pour leur fausser compagnie. Tu peux te tenir debout ?

— Ça ira... Je crois.

Blade l'aida à se relever, mais, brusquement, son visage se figea et elle hurla :

— Ronny !

Son effroi venait de ce qu'elle apercevait par-dessus son épaule et Blade pivota en dégainant son pistolaser. Sans chercher à savoir si la bestiole était belliqueuse ou non, il tira.

Avec un tel museau, « ça » ne pouvait éprouver de bons sentiments. Touchée entre les deux yeux, la bête eut un soubresaut en exhalant un sifflement furieux, s'affaissa et glissa sur le sable au ras de l'eau.

— Qu'est-ce que c'est que ça ? soupira-t-il.

« Ça » tenait de tout, même de l'humain, ce qui avait de quoi mettre à mal les cœurs les mieux accrochés. De la grandeur d'un nain de cirque, avec une tête de caïman, un gros corps de serpent, terminé par une queue immense et surtout... de véritables bras et jambes !

Et en plus, il en arrivait de partout. Blade avait beau tirer sans rémission, à la volée, sans même prendre le temps de viser, il ne pouvait pas les contenir.

Loo hurla de frayeur et il ne fut pas loin d'en faire autant quand il se sentit soudain tiré par les pieds, depuis le lac. Trois de ces monstres l'empoignèrent, le forçant à lâcher son arme. Malgré sa hargne, il ne faisait pas le poids, et récolta nombre de coups de griffes, de coups de poings et de morsures, tout en étant irrésistiblement entraîné dans le lac.

Il bascula d'un seul coup et dès qu'il eut la tête sous l'eau, commença à suffoquer, en pensant :

« Cette fois, c'était la der des der, Ron ! »

*
* *

Le camion s'arrêta et M'lounrha, qui n'avait pas lâché son arme, fit signe à Baker de descendre. A peine se trouva-t-il hors du véhicule qu'il aperçut une plate-forme de reconnaissance, en forme de champignon, posée à l'orée d'une forêt.

M'lounrha l'obligea à prendre cette direction, tandis que le véhicule repartait, les trois filles à son bord.

— Ce sont des N'haranghiennes ? interrogea Baker.

— En effet. Elles se feraient tuer pour moi. Je peux tout leur demander.

Baker songea qu'une telle fidélité n'était sans doute pas très naturelle et que le médecin-lieutenant M'lounrha avait sans doute utilisé des implants psychiques ou bien soumis les jeunes filles à des hypnotiseurs mémoriels.

Il n'y avait personne à l'intérieur de la plate-forme de reconnaissance. Dès qu'ils y eurent pénétrés, M'lounrha lui déclara :

— Si tu me donnes ta parole de ne pas m'attaquer, ni de chercher à t'enfuir, je rangerai mon pistolaser dans son étui.

— Tu me ferais confiance ?

— Je sais que pour un homme comme toi, la parole donnée est sacrée. Je te la demande pendant deux heures seulement. Sinon, je serai obligée de te placer des bracelets magnétiques aux bras et aux jambes. Ce ne sera pas très agréable.

M'lounrha fixa Baker qui hocha la tête :

— Entendu, tu as ma parole... pendant deux

heures !

Avec un large sourire, M'lounrha rangea son arme, puis s'approcha de lui. Baker n'en avait pas fini avec les surprises.

— Je ne t'ai jamais oublié, tu sais, lui murmura la jeune femme d'une voix amoureuse. Et depuis que je sais que tu es arrivé sur N'harangho, j'ai follement envie de toi !

Et, joignant le geste à la parole, elle posa les deux mains sur ses épaules et ses lèvres se posèrent sur les siennes. Baker se rappela quelle maîtresse formidable la Dhokarienne avait été et malgré les sentiments peu cordiaux qu'il nourrissait à son égard, il ne resta néanmoins pas insensible à son baiser.

CHAPITRE V

Ronny Blade ne s'était pas évanoui ; peut-être d'ailleurs cela aurait-il été préférable, son avenir s'annonçant plutôt mal. Le sien et celui de Loo. Pauvre fille ! Maintenant, il regrettait de l'avoir entraînée dans son aventure. Surtout que ses ennuis risquaient bien d'acquérir très vite un caractère définitif !

Les bêtes les avaient fait aborder dans une petite crique, avant de les attacher à des rochers au moyen de cordes tressées. Elles étaient cinquante à soixante autour d'eux, laissant fuser des sifflements stridents.

De vraies créatures de cauchemar ! Leur corps reptilien était recouvert d'écailles vertes, tout comme leurs jambes, semblables à celles des humains, malgré leurs pieds palmés. Leurs bras, en revanche, avaient une peau lisse, vaguement rosée.

« Qu'attendent-ils pour nous bouffer ? »

Non que cette perspective enchantât particulièrement Blade, mais, quitte à périr, mieux valait abréger l'attente.

Loo s'était évanouie. Tant mieux pour elle ! Autant lui éviter l'angoisse de ce musée des horreurs où ils avaient atterri. Si les Hradjarks les poursuivaient dans la caverne, il leur souhaitait bien du plaisir, même si, désormais, il aurait accueilli avec joie leur intervention !

La crique était médiocrement éclairée par les pierres lumineuses, incrustées dans la paroi. Maintenant que ses yeux étaient accoutumés, Blade réprima un frisson de dégoût en découvrant dans le sable, à ses pieds, plusieurs os humains, dont un crâne.

Il lui fallait se faire une raison, Loo et lui étaient prisonniers de carnassiers. Terminer dans l'estomac de ces créatures, comme fin glorieuse, on faisait mieux !

Soudain, les sifflements des créatures se firent plus intenses ; on aurait dit qu'elles s'inquiétaient. Oui, c'était cela, elle se mirent à cavaler autour d'eux, complètement paniquées. Etait-ce bon signe ? Au point où ils en étaient, n'importe quoi était préférable au sort que leur réservaient ces monstres.

Blade vit bientôt une silhouette s'avancer dans leur direction, depuis le fond de la caverne. Il la distingua progressivement, finit par reconnaître un homme — un vrai, cette fois — à la démarche saccadée et tenant en main une longue perche terminée par un crâne avec deux grandes cornes d'on-ne-savait-trop-quoi qui laissaient échapper une fumée grise.

Il avait du mal à avancer, mais plus il progressait, plus les créatures s'affolaient et commençaient à disparaître. Même s'il s'agissait du diable en personne, il y aurait toujours moyen de s'arranger avec lui. Ce n'était pas le docteur Faust qui aurait dit le contraire !

L'homme était un vieillard avec une barbe grise immense et son crâne dégarni était entouré d'une couronne de longs cheveux. Une dégaine d'ermite, de prêcheur du désert ou de prédicateur eschatologique, surtout avec ses vêtements qui n'avaient pas l'air d'en être. On aurait dit un assemblage mi-herbe, mi-fourrure, sans la moindre forme.

Ce vieillard aurait pu loucher, être bossu, avoir deux nez, trois yeux ou cinq oreilles, Blade l'aurait accueilli avec la même joie.

Avant qu'il n'arrive près de Loo et de Blade, ce dernier eut largement le temps de le détailler. Autour du cou, l'homme portait un collier incrusté de pierres brillantes et orné d'une grosse étoile à cinq branches, dans un cercle aux dorures travaillées.

Dès qu'il fut à portée de voix, alors qu'il ne restait plus qu'une dizaine de monstres battant en retraite, Blade s'écria :

— Vous tombez pile !

Le vieillard ne répondit pas, avança toujours à pas saccadés, comme s'il avait les deux jambes paralysées et qu'il utilisait des prothèses. Soudain, il agita la main devant lui. Les dernières bêtes n'insistèrent pas et disparurent dans le lac.

Alors, le vieillard éclata d'un rire tonitruant auquel Blade s'associa aussitôt, mais lui, c'était pour se soulager, pas pour jouer les cinglés. Cela lui fit un bien immense. Au même moment, Loo se décida à ouvrir les yeux, appelant aussitôt d'une voix angoissée :

— Ronny...

— Souris, très chère... Souris vite ! Je ne sais pas quel est ce gars, mais il ne s'agit pas de se le mettre à dos.

Le vieillard, après avoir bien ri, planta sa perche à tête de bovidé fumante dans le sable, puis s'approcha de Loo et de Blade. Il empoigna un large coutelas passé à sa ceinture, puis entreprit de couper les cordes tressées qui les retenaient, tandis que la fumée grise qui se dégageait du crâne les asphyxiait ; Loo se mit à tousser.

— C'est nécessaire pour éloigner les néralls, expliqua le vieillard d'une voix rauque.

— Les néralls, ce sont ces créatures de cauchemar ? grogna Blade.

— C'est une race mutante.

Blade, détaché, se redressa.

— Pas une race mutante d'origine humaine, tout de même ?

— Je vous expliquerai, répondit l'homme... Mon nom est Rentoonreha .

— Enchanté, moi Ron... Hein, quel nom avez-vous dit ?

Il répéta gravement :

— Rentoonreha, l'ancien chef du Conseil de Hrastorg. Je ne suis pas mort dans la catastrophe qui a détruit une partie du Grand Temple. Venez, éloignons-nous ; les néralls ne peuvent supporter la fumée d'extrait d'orlant, mais il n'y en aura bientôt plus. A ce moment-là, il faudra être à l'abri. Comment vous appelez-vous ?

— Ronny Blade, et voilà Loo, une jeune femme des quartiers pauvres de Hrastorg.

Rentoonreha portait bien des prothèses, Blade avait deviné juste.

Ce dernier, tout en soutenant Loo qui n'était pas très vaillante, proposa :

— S'il n'y a plus d'extrait d'orlant, je dispose de grenades anesthésiantes qui devraient faire l'affaire contre les néralls, si on me laisse le temps de les sortir.

Blade avait perdu son pistolaser, mais sa sacoche de cuir était toujours passée en bandoulière autour de sa poitrine.

Ils marchèrent le plus vite possible en contournant le lac. Rentoonreha questionna soudain :

— Vous êtes un Stourmi, n'est-ce pas ?

— Pas de ceux qui se sont alliés au Nouveau Conseil de Hrastorg. Je viens du même endroit qu'eux, mais ce sont des ennemis de la Confédération Interstellaire à laquelle j'appartiens. Mes associés et moi sommes sur N'harangho à cause d'un trafic d'armes qui s'effectue clandestinement au sein de notre compagnie commerciale.

Le vieillard soupira :

— Votre civilisation est de loin supérieure à celle des N'haranghiens.

— Autrefois, elle était rayonnante, paraît-il.

— C'est vrai, mais... mais les techniques se sont perdues.

— J'ai appris que vous effectuiez des recherches de votre...

Blade allait dire « de votre vivant »...

— ... à l'époque où vous étiez le chef du Conseil de Hrastorg, mais pourquoi vous cachez-vous ?

— Je ne me cache pas, j'ai voulu disparaître. Plus exactement, disparaître volontairement. Toute ma vie, j'ai cherché les traces de notre ancienne civilisation. Après la catastrophe qui m'a rendu infirme, il ne m'était plus possible de gouverner mon peuple et le Nouveau Conseil allait tomber sous la coupe de Wranghoa. Nous nous sommes toujours opposés, lui et moi. Il ne m'aurait pas permis de poursuivre mes recherches en toute liberté de peur que je ne me serve de mes découvertes à des fins personnelles. Il en va maintenant de même pour mon fils.

Cela confirmait les paroles de Loo ; il s'agissait bien d'une lutte d'influence politique entre N'haranghiens. L'arrivée des Stourmis n'avait fait que compliquer la situation.

Après avoir parcouru près de deux cents mètres, Rentoonreha leur désigna l'entrée d'un souterrain. Ils s'y engagèrent. L'obscurité était telle que Blade s'apprêta à se servir de sa torche électrique lorsque, subitement, tout s'éclaira autour d'eux.

— D'où vient la lumière ? interrogea-t-il.

— Elle est irradiée directement des murs. C'est une des anciennes techniques de N'harangho ; hélas, une des seules qui nous reste et dont je ne comprends pas le procédé. Venez !

Le souterrain se prolongea sur une trentaine de mètres, puis ils pénétrèrent dans une sorte de sas que le vieillard fit coulisser derrière eux, avant de le bloquer en refermant une lourde serrure.

— Mon fils m'a aidé à installer cette porte pour me protéger des néralls.

*

* *

Elklad avait parcouru près de cinq kilomètres pour atteindre, au milieu d'une forêt, d'immenses ruines que la végétation commençait à recouvrir.

— On dirait un ancien temple ou quelque chose dans le genre, estima Sherwood.

Chuck Nilson et lui abandonnèrent le véhicule à une cinquantaine de mètres pour progresser à pied, quand, soudain, ils aperçurent dans le ciel trois plates-formes de reconnaissance.

— Nom de Dieu ! jura Sherwood... Ils nous ont repérés, ça fait pas de doute.

Ils se mirent à courir pour s'abriter derrière un premier pan de mur.

— Nous avons des fulgurants de combat, grogna Sherwood. Ces salopards vont morfler, je te le jure.

La première plate-forme de reconnaissance arriva au-dessus d'eux et, par une ouverture dans l'appareil, ils virent tomber les deux grenades... Celles-ci explosèrent à quelques mètres d'eux. Ni l'un ni l'autre ne furent touchés par les éclats, ni par les projections de pierres et de terre. Lorsque la poussière soulevée par les impacts commença à se dissiper, les deux autres plates-formes de reconnaissance s'étaient posées et plusieurs hommes armés s'élançaient vers eux.

Sherwood et Nilson ne pouvaient faire face à autant d'ennemis. Ils ouvrirent le feu pour stopper la progression de la vingtaine d'assaillants, puis reculèrent précipitemment à l'intérieur des ruines.

*
* *

Blade, Loo et leur guide handicapé se retrouvèrent dans une pièce assez grande, pourvue de fauteuils et d'une vaste table. Une pièce, pas une grotte ; taillée à même la pierre, c'était incontestablement une œuvre humaine.

— C'est vous aussi qui avez creusé cette... ?

— Non, le coupa Rentoonreha. Nous l'avons aménagée ainsi, mais cette salle et les deux autres en enfilade datent du passé florissant de N'harangho. C'est en explorant le lac où vivent les néralls que je les ai découvertes.

Loo intervint :

— A Hrastorg, personne ne connaît l'existence des néralls.

— Je sais ; j'ai tout fait pour qu'on l'ignore.

— Pourquoi dites-vous qu'il s'agit d'une race dégénérée ?

Le vieil homme haussa les épaules :

— Comment expliquez-vous les bras et les jambes dont ils sont pourvus ? Pour moi, il s'agit de descendants des victimes de l'épidémie ramenée de l'espace. Ces pauvres êtres ont progressivement régressé mentalement et physiquement pour finir par se réfugier dans ce lac. Des néralls vivent peut-être ailleurs sur N'harangho, mais, pour le savoir, il faudrait effectuer des explorations importantes et nous n'avons pas les moyens de les entreprendre sérieusement.

— La Confédération Interstellaire pourrait mettre à votre disposition les vaisseaux et les moyens techniques nécessaires.

Rentoonreha eut un large geste de la main :

— Nous n'en sommes pas là ; j'imagine que Wranghoa négocie avec les Stourmis leur aide technique, mais d'après ce que me rapporte Elklad, il n'a encore rien obtenu, ou plutôt si peu qu'il donne l'impression à tout le monde d'être floué !

Un sourire de satisfaction un peu cruel se dessina sur les lèvres du vieillard. Il détestait Wranghoa, le nouveau chef du Grand Conseil, et se délectait de ses échecs.

Il entreprit d'enlever son lourd manteau en expliquant :

— Je ne sors jamais dans la caverne sans lui, au cas où la fumée ne serait pas suffisante. Il est fabriqué avec des fleurs d'orlant séchées.

Dessous, il portait des vêtements n'haranghiens en parfait état. Dès qu'il se fut débarrassé de son manteau, il constata :

— Vos vêtements à vous sont trempés, mais je

n'en dispose malheureusement pas de rechange. Il faudra attendre qu'ils sèchent.

— Pour ma part, dit Blade, j'ai une combinaison isolante. L'eau ne l'a pas traversée. Par contre, Loo...

La jeune fille grelottait de froid et le vieillard alla prendre dans une armoire en bois une sorte de drap bleu ciel et le lui tendit :

— Pour le moment, drapez-vous dedans. Je vais chercher des boissons chaudes pour vous réchauffer. Attendez-moi tous les deux ici.

Après que Blade se fut débarrassé des vêtements de Gragor, il proposa à Loo :

— Je vais te frictionner le dos avec une serviette ! Tu te réchaufferas plus vite.

Il s'attendait à une protestation, justifiée par une pudeur intransigeante, mais au lieu de ça, Loo se coula dans ses bras et se mit à sangloter contre sa poitrine. Une réaction nerveuse après la peur qu'elle avait eue lorsque les néralls les avaient attaqués. Il le comprit et s'empressa de lui prodiguer un tas de mots doux, tout en la déshabillant. Elle se laissa faire.

Après leur chute, il avait déjà surpris ses jambes et ses fesses dénudées. Il la découvrit cette fois dans toute sa splendeur. La nature l'avait gâtée.

Sans doute reconnaissante de tout le mal qu'il se donnait à la réchauffer, elle releva soudain la tête et sa bouche agrippa la sienne, déchaînée...

Dans ces conditions, subir les derniers outrages lui convenait parfaitement, mais devant le noble vieillard, ex-chef du Grand Conseil de Hrastorg, qui revenait, cela n'eût pas été convenable.

Blade lança autour des épaules de Loo le drap bleu et, tout en la gardant dans son bras droit, fit face au père d'Elklad :

— Vous savez que votre fils a fui la ville ?

Il confirma :

— Et vous avez dû le rencontrer depuis, puisque vous avez prononcé mon nom à la porte Nord du palais. Marlek me l'a dit. Non, ne le maudissez pas, les Hradjarks avaient surpris votre arrivée ; il ne lui était pas possible de faire autrement. J'ai cru alors qu'il était trop tard, mais vous avez réussi à vous enfuir et à arriver, par un heureux hasard, jusqu'à la caverne.

A la main, il tenait une cruche de terre contenant une boisson chaude qu'il versa dans des verres à pied. Loo empoigna l'un d'eux sans hésitation et commença à boire prudemment le liquide brûlant.

Rentoonreha les invita à s'asseoir et Blade le questionna :

— Vous nous faites confiance uniquement parce que je me suis servi de votre nom pour pénétrer dans votre demeure ? C'est effectivement Elklad qui me l'a donné.

— Lui seul pouvait le faire ! De plus, je ne vous fais pas véritablement confiance, car vous êtes à ma merci. Les morsures des néralls sont mortelles. Vous êtes empoisonnés, oui, mais le poison est lent à agir. Vous ne devriez d'ailleurs pas tarder à en ressentir les effets. Vous vous évanouirez et, à ce moment-là, seul un antidote préparé à partir des fleurs d'orlant pourra vous sauver.

Cachant son inquiétude, Blade demanda, presque distraitement :

— Cet antidote, vous le possédez ?

Le vieillard acquiesça d'un bref hochement de tête :

— Seulement, avant de vous l'administrer, je veux connaître vos intentions. A propos de N'harangho. D'après les Stourmis, alliés au Nouveau Conseil, si la Confédération Interstellaire apprend son existence, les Forces spatiales viendront l'occuper. Et ça, jamais je ne l'accepterai ! Jamais je ne serai l'artisan d'une quelconque domination de mon peuple par des étrangers.

Rentoonreha était devenu rouge de colère. Son excitation était montée d'un seul coup et Blade n'avait pas l'impression qu'il goberait n'importe quel bobard. Il allait devoir se montrer convaincant...

*
* *

Andy Sherwood et Chuck Nilson, allongés à plat ventre, ripostaient tant bien que mal aux tirs nourris de leurs ennemis.

— On ne tiendra pas longtemps, lança Nilson.

Ils avaient essayés, l'un et l'autre, de prendre contact avec *Le Maraudeur* mais, en fait de communication, n'avaient obtenu de leurs émetteurs-récepteurs qu'une friture similaire à celle précédemment entendue par Ronny Blade au moment de son entrée dans Hrastorg.

Et comme lui, ils en avaient conclu « qu'on » brouillait les émissions à partir du bracelet de Baker.

Ils commençaient à désespérer quand, tout à coup, ils entendirent les premiers cris. Dans le même temps, les tirs cessèrent, du moins cessèrent-ils de les prendre comme cible, car leurs ennemis continuaient de se battre.

Les deux amis se redressèrent et aperçurent des dizaines de morrols, sans doute accourus aux bruits de l'explosion des grenades, contre lesquels les Stourmis se défendaient avec acharnement. Ils n'étaient néanmoins pas assez nombreux pour les contenir tous. Les bêtes les encerclaient et leurs pertes, même si elles étaient énormes, ne semblaient pas les inciter à reculer.

De seconde en seconde, les morrols étaient plus nombreux.

— Grouillons-nous, fit Sherwood. Bientôt, ils s'en prendront à nous aussi.

Ils sprintèrent pour regagner leur engin après un vaste détour, les morrols semblant ne pas encore les avoir repérés. Arrivés à une dizaine de mètres du véhicule, après une course effrénée, un homme se dressa en face d'eux et Sherwood le dégagea d'un rayon de fulgurant sans même marquer un temps d'arrêt. L'homme s'écroula avec un cri guttural.

Ses complices tentaient de revenir à leurs véhicules, mais les morrols leur coupaient toute retraite.

Sherwood s'installa au volant du camion et démarra sans attendre.

— Où vas-tu ? s'étonna Chuck Nilson en le voyant non pas effectuer une marche arrière comme il s'y attendait, mais foncer vers les plates-formes de reconnaissance.

— On manque de matériel volant, alors on va se servir, tiens !

Deux morrols se trouvaient entre eux et les plates-formes convoitées. Sherwood arriva sur eux à pleine vitesse, en percuta un, tandis que l'autre animal se poussait, puis se gara à moins d'un mètre de l'appareil volant.

— Fissa ! hurla-t-il en quittant son siège pour se précipiter à l'intérieur de la plate-forme.

Lorsqu'ils se retrouvèrent tous les deux à l'intérieur, Chuck Nilson ferma en vitesse le sas d'accès et Sherwood éclata d'un gros rire joyeux :

— Comment qu'on les a b... *iaisés* !

*
* *

Ronny Blade s'aperçut très vite qu'il ne lui serait pas possible de tromper Rentoonreha. Non qu'il en ait d'ailleurs eu l'intention, mais vu la précision des questions du vieillard, il dut utiliser toute la panoplie de sa diplomatie pour le convaincre qu'une éventuelle ouverture de N'harangho à la Confédération Interstellaire ne serait en aucun cas une annexion pure et simple de la première par la seconde.

Le vieux dirigeant prenait successivement des mines contrariées, puis sceptiques. Loo, elle, écoutait avec un total ahurissement. Tout ce que Blade racontait l'émerveillait.

Blade en termina avec ses explications, puis alluma une cigarette et acheva d'une gorgée sa troisième tasse d'extrait d'orlant.

— Es-tu satisfait ou vas-tu nous laisser mourir des morsures de néralls ?

Le vieillard eut un petit sourire ironique, suivi d'un mouvement de la main :

— Je vous ai bluffés, les morsures de néralls ne sont pas mortelles.

Blade s'en doutait un peu. La seule qui en fut extrêmement soulagée fut Loo qui poussa un gros soupir de contentement.

D'une voix calme, Rentoonreha déclara :

— Je ne pense pas que tu aies cherché à me tromper, Ronny Blade. Si j'avais cette impression, tu ne ressortirais pas vivant d'ici.

— Dans ce cas, m'apporteras-tu ton aide pour

combattre mes ennemis sur N'harangho ?

— Je me considère toujours à la tête de mon peuple, émit le vieillard. Qu'aurais-je à gagner à t'aider ? Tes amis et toi n'auront rien de plus pressé, lorsque vous pourrez quitter N'harangho, de révéler son existence et rien ne me prouve que la Confédération Interstellaire n'enverra pas encore ses Forces spatiales pour l'occuper militairement.

— La Confédération n'agit jamais de la sorte, s'insurgea Blade. Lorsqu'une nouvelle planète est découverte et qu'un gouvernement légal y représente une autorité réelle — et ce, quel que soit son niveau de civilisation —, ce sont des ambassadeurs qui arrivent. Pour proposer des échanges économiques et des plans de développement. Jamais elle n'intervient dans l'organisation politique d'une planète et elle respecte sa pleine et entière souveraineté.

L'ancien restait silencieux, l'air songeur. Il se demandait, à l'évidence, dans quelle mesure il devait croire Blade et même l'aider ! Ce dernier reprit :

— Votre fille a, paraît-il, disparu depuis hier.

— Je sais, Marlek m'a prévenu.

Cela n'avait pas l'air de l'inquiéter outre mesure.

— Wranghoa peut-il l'avoir fait enlever ?

— Jamais il n'oserait s'en prendre à Galoonreha. Ni à Elklad. Leur arrestation ou leur enlèvement ne seraient pas tolérés par les N'haranghiens.

Ça, c'était lui qui le disait, d'autant que Blade lui fit remarquer :

— Elklad était tout de même poursuivi par les Hradjarks !

— Parce qu'il a enfreint la loi en ne demandant pas l'autorisation de quitter la ville.

— On la lui aurait refusée ?

— Je ne pense pas, mais il aurait été surveillé et n'aurait pu aller où il voulait.

— D'après ce qu'il m'a déclaré, il s'était enfui de Hrastorg pour savoir s'il était possible de vivre hors de la cité, afin que, par la suite, sa sœur le rejoigne. A mon avis, il partait plutôt à la recherche de l'ancienne civilisation de N'harangho, je me trompe ?

— Jusqu'à présent, mes recherches n'ont pas abouti.

Une réponse trop sèche qui éveillerait les soupçons du premier idiot de village venu. Blade ne broncha pas, mais sa certitude que le noble vieillard en savait beaucoup plus qu'il ne voulait bien l'avouer sur l'ancienne civilisation de N'harangho en fut encore renforcée.

— Que comptes-tu faire, Ronny Blade ? questionna soudain Rentoonreha.

— Trouver la base secrète à laquelle le commandant de *La Mandragore* livre les armes qu'il transporte clandestinement à son bord et mettre fin à ce trafic. Ceci avec ton aide.

— Je n'ai pas encore décidé de vous aider, toi et tes amis.

— Devons-nous alors nous considérer comme prisonniers, Loo et moi ?

Le vieillard haussa les épaules :

— A quoi bon ? Je vous permettrai de quitter le palais en vous demandant seulement de taire mon existence. De toute façon, cela ne t'apporterait rien que ma retraite soit découverte.

— Tu as ma parole.

— Je ne te la demande même pas. Ni à toi, ni à cette jeune fille. Tout est entre les mains de mes enfants.

— Tu n'as pas une idée de ce qu'a pu devenir ta

fille ?

— Elle a sans doute décidé de rejoindre son frère.

— Sans t'avertir ?

— Cela ne lui a peut-être pas été possible. Wranghoa fait surveiller le palais et mes enfants. Il craint que je ne leur aie fait part d'éventuelles découvertes.

Il émit un petit rire qui sonnait faux :

— ... s'il savait !

Rentoonreha cherchait à faire de l'intox, mais Blade ne voulait pas se le mettre à dos. Il les avait sauvés lorsqu'ils étaient à la merci des néralls. Même si leurs morsures n'étaient pas venimeuses, les bestioles avaient très certainement l'intention de les dévorer.

Il demanda au vieil homme :

— T'est-il possible de me faire pénétrer à l'intérieur du Grand Temple où siège le Nouveau Conseil de Hrastorg ? J'ai besoin d'avoir une conversation avec Wranghoa.

— Il est très protégé, tu n'arriveras pas jusqu'à lui en vie.

— Ça, c'est mon affaire.

Un temps, puis Rentoonreha consentit :

— Je peux te permettre de t'introduire dans le Grand Temple sans que personne ne le sache, bien sûr.

Il se leva et fit jouer ses articulations raidies.

— Cela ne sera possible que la nuit prochaine. Jusque-là, prenez du repos, toi et ton amie. Ici, tu ne crains rien.

— Les Hradjarks ne risquent pas d'arriver jusqu'à la caverne des néralls ?

— Après que vous vous êtes engagés dans le boyau d'évacuation, j'ai pris la précaution de faire coulisser un pan de mur dans la cave, afin d'en dissimuler l'entrée.

— C'est toi qui a installé cette sécurité ?

Rentoonreha secoua la tête :

— Non, cela fait partie des quelques secrets de ma demeure, telle la lumière irradiée que vous avez rencontrée dans le couloir. Suivez-moi, je vous conduis jusqu'à une chambre. Vous avez besoin de repos, tous les deux.

Blade n'allait pas contrarier une si heureuse initiative. D'un même pas, Loo et lui le suivirent, traversèrent la salle voisine et entrèrent dans une troisième pièce en enfilade. Le lit était immense, couvert de coussins multicolores.

— Tu vis seul ici ? s'enquit Blade.

— Mes enfants et Marlek sont les seuls à connaître ma présence.

La salle qu'ils venaient de traverser était meublée comme un bureau et les tables surchargées de documents divers. Rentoonreha avait tout à fait l'attitude du vieux chercheur oublié de tous.

— Je vous laisse, déclara-t-il. Vous trouverez des fruits frais sur le buffet.

De bons gros fruits rouges et jaunes. Blade ne jugea pas utile de demander leur nom : c'étaient inévitablement des orlants.

« Sans les fleurs d'orlants et leurs fruits, que serait N'harangho, c'est à se le demander ! » songea Blade.

L'handicapé parti, Loo s'approcha du Terrien en murmurant :

— J'ai peur, Ron...

— De lui ?

Elle secoua énergiquement la tête :

— Non, mais les... les autres, Wranghoa et les Hradjarks...

— Tu regrettes de m'avoir proposé ton aide,

maintenant ? Ce soir, il te suffira de rentrer chez Grahghor et tu ne seras pas inquiétée. Je doute que les Hradjarks qui ont tenté de nous arrêter te reconnaissent un jour.

— Ce n'est pas ça, mais... Les néralls d'abord, et puis cette civilisation ancienne que tout le monde recherche. Les N'haranghiens vivent dans cette obsession. Je ne peux y croire. C'est tellement vieux. Tout a disparu. Tout !

Blade avait sur l'heure d'autres préoccupations en tête. Sa main droite empoigna la nuque de Loo et il attira doucement son visage. La jeune N'haranghienne eut un sourire heureux, puis leurs lèvres se joignirent. Ils basculèrent au milieu des coussins. La couverture qui la couvrait n'était pas un obstacle difficile à franchir et, dès qu'il l'eut retirée, les mains de Blade se refermèrent sur la peau tendre de ses fesses.

Il s'attendait à une jeune pucelle effarouchée à qui il aurait dû transmettre toute une technique érotique, mais tomba des nues (au propre et au figuré) quand Loo se déchaîna brusquement... Dans ce domaine, la civilisation n'haranghienne n'avait rien d'arriéré.

*
* *

Une fois aux commandes de la plate-forme de reconnaissance, Andy Sherwood prit l'air, tandis que les morrols finissaient d'exterminer leurs ennemis.

Un instant, Sherwood effectua un vol concentrique au-dessus des ruines, cherchant à repérer Elklad, mais sans succès, puis il prit la direction du *Maraudeur*.

— On s'en tire bien, soupira Chuck Nilson.

— Ouais, seulement l'autre bougre de N'haranghonien s'est fait la malle... Et son émetteur n'a pas dû résister à l'épreuve.

Sherwood ne décolérait pas. Décidément, depuis qu'il avait surpris *La Mandragore* en train de s'enfoncer dans les perturbations de la Queue de Gorbal, il allait de déconvenue en déconvenue... D'abord, son matraquage à la sortie du cabaret *Chez Lianor* où il n'avait pas réussi à obtenir la totalité des confessions d'Arxlan... Puis la tentative d'enlèvement de William Baker... L'enlèvement, réussi celui-là, du colonel Rheim Ghi... Les détériorations du *Maraudeur*... La disparition de Baker... L'attitude louche d'Elklad et enfin l'attaque des trois plates-formes de reconnaissance qui aurait pu leur être fatale, à Chuck Nilson et à lui, si les morrols ne s'en étaient pas mêlés...

— Hé, regarde, Andy !

Nilson attirait son attention sur un télévisionneur latéral où les caméras à longues distances accrochaient un véhicule dégravité.

— Voilà Will ! s'exclama Nilson.

— Espérons, répondit Sherwood.

Il changea de cap pour se rapprocher et, dans le même temps, enclencha sur le pupitre de commande la manette du générateur de champ d'invisibilité. Dans la seconde, la plate-forme volante s'effaça du ciel.

De son côté, Chuck Nilson mit en circuit le télévisionneur omnidirectionnel, faisant défiler sur l'écran le paysage environnant avant de cadrer la caméra principale sur le camion.

— Ce n'est pas William qui est aux commandes, murmura-t-il avec déception. C'est une fille !

— Ou alors, c'est qu'il a de drôles de mœurs et

qu'on l'ignorait, tenta de plaisanter Sherwood.

Au son de sa voix, on devinait l'inquiétude qui le rongeait concernant le sort de son ami disparu.

— Il y a deux filles, reprit Nilson.

— Trois, même, précisa Sherwood alors que la plate-forme de reconnaissance, totalement invisible, se rapprochait.

Ils se retrouvèrent bientôt à la verticale du véhicule et, sur le petit cadran du détecteur d'ondes psycho-biologiques, obtinrent la preuve qu'il n'y avait pas d'autres humains à l'intérieur du camion.

— Que fait-on ? demanda Nilson. On les intercepte ? Ou on attend de voir où elles nous emmènent ?

CHAPITRE VI

Le véhicule dégravité grimpa au sommet d'une colline et s'y arrêta. Les trois N'haranghiennes descendirent du véhicule, s'étirèrent au soleil, puis l'une d'elles étendit une couverture sur l'herbe, tandis qu'une deuxième sortait du camion un container qu'elle déposa près de la couverture.

La troisième, la brune, s'était déshabillée. Ses deux amies en firent autant. Une fois nues, elles s'étendirent au soleil, après avoir retiré du container une bouteille et des verres.

— Alors, ça ! fit Sherwood, complètement estomaqué.

— Si Red était là, il ne saurait plus où se mettre, commenta Chuck Nilson avec un sourire moqueur.

— Ces nénettes ont roulé plus de cent bornes depuis que nous les suivons pour venir prendre un bain de soleil et pique-niquer. C'est invraisemblable !

Depuis qu'ils s'étaient emparés de la plate-forme de reconnaissance, les deux amis avaient réussi à prendre contact avec *Le Maraudeur*. Red Owens leur avait confirmé qu'il n'avait aucune nouvelle, ni de Ronny Blade, ni de William Baker.

Sherwood annonça au pacha ce que faisaient les trois filles et commenta :

— Elles sont superbes, Red... Pulpeuses et tout et tout. Ah, si tu étais là.

Owens, pudibond comme à son habitude, fulmina :

« Au lieu de vous rincer l'œil, faites quelque chose... Peut-être que Will est en danger et ça, vous l'oubliez ! »

Sherwood admit les craintes de son ami, coupa l'émission et entreprit les manœuvres pour poser la plate-forme juste à côté du camion. Puis, il supprima le champ d'invisibilité.

L'apparition subite de la plate-forme ne sembla pas surprendre les trois N'haranghiennes, et quand Sherwood et Nilson en sortirent, elles leur adressèrent leurs plus joyeux sourires :

— Vous ne devriez pas rester ici trop longtemps, leur lança la brune. Nous attendons que les gens du *Maraudeur* prennent contact avec nous. Il ne faut pas qu'ils vous voient.

Les deux amis ne bronchèrent pas et Sherwood, impassible, articula :

— Les gars du *Maraudeur* ne risquent pas de rappliquer pour le moment. Leur vaisseau est en panne et ils n'ont pas de plate-forme de reconnaissance.

— Comment le savez-vous ? interrogea une des blondes.

— On vient de nous avertir.

— Dans ce cas, il ne nous sert plus à rien de rester ici, murmura la seconde blonde.

Sherwood vint s'agenouiller sur le bord de la couverture. Il se trouvait juste entre la brune et la blonde qui avait parlé la première.

— Moi c'est Andy, dit-il... Et vous ?

— Juhnioo, fit la brune.

Les blondes, deux sœurs, se nommaient Géhukoo et Loprisoo. Elles proposèrent un verre d'extrait d'orlant aux deux amis qui acceptèrent ; elles les servirent tandis que Juhnioo demandait :

— Qu'est-ce qu'on fait, nous ? Nous devions piéger les gens du *Maraudeur,* mais s'ils ne risquent pas de venir...

— On peut vous ramener, proposa Sherwood. Ça ira tout de même plus vite avec une plate-forme de reconnaissance.

— Entendu, admit Loprisoo... Moi, j'en ai assez de ces banquettes. Elles ne sont vraiment pas confortables.

Elle s'étira voluptueusement sous les rayons du soleil en demandant :

— Vous êtes pressés de rentrer ?

— Non, fit Sherwood avant que Nilson ne risque de dire le contraire.

Un Chuck Nilson qui avait du mal à détourner son regard des trois splendides corps nus, offerts à quelques centimètres d'eux. Les filles ne s'y trompèrent d'ailleurs pas et Géhukoo lui adressa une œillade ne pouvant laisser le moindre doute sur les pensées qui lui traversaient l'esprit.

Loprisoo, elle, s'était rapprochée de Sherwood pour poser la main sur son bras.

— Nous ne vous avons jamais vu, remarqua-t-elle.

— Nous venons juste d'arriver sur N'harangho, répondit-il.

Puis, il s'allongea sur la couverture et laissa Loprisoo et Juhnioo commencer à lui retirer son justaucorps et ses collants... Il pensait que séduire les trois jeunes beautés était le meilleur moyen de continuer à les tromper sur leur identité et qu'ensuite, Chuck Nilson et lui pourraient plus facilement les faire parler.

Comme quoi on pouvait se tromper !

Au lieu des voluptés charnelles auxquelles les deux amis s'attendaient, ils se retrouvèrent l'un et l'autre sous la menace de leurs propres pistolasers que Juhnioo, d'une part, et Géhukoo, d'autre part, saisirent brusquement dans leurs étuis.

— Pas un geste, indiqua Loprisoo d'une voix sifflante.

*

* *

Ronny Blade, après une nuit blanche, n'avait pu résister au sommeil après avoir connu, dans les bras de Loo, un déchaînement fabuleux de tous les sens. Les sous-sols du Palais Céhnjior étaient d'une grande tranquillité...

Quand il émergea, Loo était déjà levée et s'enveloppait avec le drap bleu. Quand il songeait qu'elle l'avait giflé, jouant les jeunes filles outragées, alors qu'ils avaient pratiqué une bonne partie des quarante-deux poses du kama-sutra n'haranghien — très semblable à son homologue terrien — sans la moindre retenue, il ne se répéterait jamais assez qu'il ne fallait pas se fier aux apparences.

— Tu es réveillée ? questionna-t-elle en le voyant le regarder d'un œil encore embué de sommeil.

— Redoutable perspicacité !

Elle vint se pencher au-dessus de lui pour l'embrasser et si, au même moment, on n'avait frappé à la porte, Blade l'aurait volontiers embarquée pour une nouvelle excursion au septième ciel !

Il se leva, enfila sa combinaison isolante, boucla son ceinturon et alla ouvrir à Rentoonreha. Le vieillard tenait à la main une grande feuille de papier.

— Voici le plan de l'intérieur du Grand Temple, annonça-t-il. Nous allons l'étudier ensemble. Ensuite, tu pourras partir, la nuit va tomber.

— Déjà ?

— Les journées sont courtes en cette saison.

Ils s'installèrent dans la pièce-laboratoire, autour d'une table où l'ex-chef du Conseil de Hrastorg poussa sans ménagements une pile de papiers pour faire de la place.

— Comment comptes-tu me faire pénétrer à l'intérieur ? interrogea Blade.

— Par une porte dérobée dont seuls les membres du Grand Conseil possèdent une clef. Tu prendras celle dont je disposais.

— La serrure a peut-être été changée.

— Non... J'ai demandé à Elklad de le vérifier, il y a peu de temps.

— Cette porte n'est pas gardée ?

— Je l'ignore.

— Il ne semble pas très difficile de pénétrer dans le Grand Temple. C'est la porte ouverte, ce qui est bien le cas de le dire, à un attentat.

— Qui le commettrait ? Aucun N'haranghien ne remet en question l'autorité du Nouveau Conseil.

— Les opposants à la politique de Wranghoa !

— A part ma famille, il n'y en a pas.

Il l'avouait d'un ton contrit. Il était honnête sur ce point, c'était déjà cela. Blade se pencha sur le plan et Rentoonreha lui décrivit chaque étage et chaque pièce, lui expliquant comment éviter les deux salles de garde.

*
* *

On avait retiré au colonel Rheim Ghi sa montre, si bien qu'il ignorait combien de temps s'était écoulé depuis que ses ravisseurs avaient communiqué avec lui. Un contact verbal qui ne lui avait rien apporté. Sinon, pensait-il, qu'on le maintenait en vie en espérant négocier quelque chose.

Perdu dans ses pensées, il fumait un cigare de Tolbia, allongé sur sa couchette, quand la porte de la cellule s'ouvrit sur deux hommes armés.

— Suivez-nous, colonel !

Il se leva, gagna la porte où on lui entrava les mains à l'aide de bracelets magnétiques, puis les trois hommes parcoururent un couloir brillamment éclairé jusqu'à un escalier en colimaçon.

Rheim Ghi ne posa pas de questions, on ne lui aurait sans doute pas répondu. Il se contenta de noter qu'on le conduisait au premier étage d'un bâtiment construit il y avait très longtemps de cela. La pièce où ils entrèrent de plain-pied ne comportait pas la moindre fenêtre. Un fauteuil surmonté d'un appareillage sophistiqué occupait le centre de la pièce.

Dès qu'il le vit, le colonel fit une grimace. Il s'agissait d'un assimilateur d'hypnotransfert mémoriel, appareil grâce auquel ceux qui l'avaient enlevé pourraient sonder jusqu'au plus profond de son cerveau.

Du moins le croyaient-ils...

*
* *

La nuit, tous les N'haranghiens sont gris. Personne n'aurait contredit Ronny Blade sur ce point. Malheureusement, gris ou non, le couvre-feu était le même pour tous et les patrouilles de Hradjarks étaient, d'après Rentoonreha, extrêmement vigilantes. Surtout en sachant qu'un ennemi était dans la ville.

« Ils auront sans doute l'ordre de tirer à vue ! » avait prévenu le vieillard.

Le vieux dirigeant l'avait conduit par un escalier taillé à même la pierre jusqu'au rez-de-chaussée du palais. Tout le monde dormait et Blade n'avait pas été inquiété.

Auparavant, habillés de manteaux de fleurs d'orlants séchées, ils avaient parcouru les bords du lac afin de chercher le pistolaser et ils l'avaient retrouvé intact. Il n'avait pas suscité le moindre intérêt chez les néralls. En revanche, le fulgurant de combat était perdu.

Blade raccompagna Loo chez Grahghor. Elle n'était pas enchantée à cette idée, mais le marchand dormait toujours. Il se posera sans doute quelques questions à son réveil, mais mettrait cela sur le compte d'une fatigue exagérée ou d'une maladie inconnue.

Ensuite, Blade fit route vers le Grand Temple, longeant les murs et se faisant attentif au moindre bruit. Il avait remis les vêtements du drapier afin de donner le change. La bâtisse était si imposante qu'il était difficile de ne pas la repérer de loin.

Par chance, il n'existait pas de système d'éclairage. Blade se déplaçait dans le noir quand, tout à coup, à moins de cinquante mètres de lui, il vit une patrouille de Hradjarks en pleine conversation avec trois hommes qu'il identifia immédiatement à leur habillement : des Stourmis !

Et qui disait Stourmis sur N'harangho disait piste

à suivre pour lui.

Blade resta plaqué contre un mur le temps qu'ils terminent leur conversation et dès qu'ils se séparèrent, il se mit à suivre les trois Stourmis. Ceux-ci prirent la direction du Grand Temple. Les Hradjarks, eux, s'éloignèrent à l'opposé.

« Bon vent ! »

Ils arrivèrent près du bâtiment. Blade se fit attentif car il ne s'agissait pas de se faire surprendre par une nouvelle patrouille. D'ailleurs, l'une d'elles venait justement à la rencontre des Stourmis. Echange de quelques mots — sûrement durent-ils montrer patte blanche —, puis le trio poursuivit son chemin, tandis que Blade attendait le passage des Hradjarks pour continuer sa progression.

Un seul homme, celui qui dirigeait le petit groupe de Stourmis, pénétra dans la bâtisse. Les deux autres s'en allèrent vers la gauche.

Blade effectua un large détour de façon à contourner le bâtiment et se perdit plusieurs fois dans de petites ruelles avant d'aboutir à la porte décrite par Rentoonreha.

Comme celle par laquelle il avait pénétré dans le Palais Céhnjior, elle était en forme de T. Dès qu'il essaya la clef remise par l'ex-chef du Grand Conseil dans la serrure, celle-ci s'ouvrit sans la moindre difficulté.

Seulement, problème ! Il n'avait pas prévu le grincement des gonds ! Il y avait un désastreux manque d'huile et le bruit fut atroce. Un Hradjark ensommeillé, fusil pointé, se dressa devant Blade et le questionna d'une voix pâteuse qu'il s'efforçait de rendre autoritaire :

— Qui va là ?

— Ne tire pas !

Heureusement, le fait d'avoir utilisé une clef pour

ouvrir amena le garde à s'interroger et Blade profita de son hésitation pour lui assener un :

— Tu ne me reconnais pas, imbécile !

... qui sera l'éternel souci des sentinelles ! Par réflexe, le Hradjark releva le canon de son fusil. Blade avança alors et lui planta son pistolaser dans les côtes en prévenant :

— Un mot, un geste et tu iras bouffer les pissenlits par la racine, pigé ?

Même sans comprendre toute la subtilité de cet avertissement, le soldat se le tint pour dit et ne songea pas un instant à jouer les héros.

Blade lui prit son fusil des mains, puis, sans autre forme de procès, l'assomma. Finalement, puisque tout se terminait bien, l'intervention de cette sentinelle arrangeait les affaires de Blade qui entreprit de le déshabiller. L'homme était pratiquement de sa taille.

Il quitta les vêtements de Grahghor, enfila la tunique de cuir noir et le pantalon moulant du soldat n'haranghien sur sa combinaison isolante qu'il ne se décida pas à quitter. Par bonheur, elle était climatisée.

Cela lui prit quelques minutes tout au plus. Ensuite, se rappelant les explications de Rentoonreha, il tira le corps de l'homme dans une salle d'attente où il le dissimula derrière des doubles-rideaux, après lui avoir appliqué un bref instant sa morphée sur le bras.

Il récupéra le fusil du garde. Portant toujours sa sacoche de cuir en bandoulière, il avança à l'intérieur du Grand Temple. Au rez-de-chaussée, il n'y avait rien d'intéressant. Donc, il se hâta vers un escalier de pierre menant directement au deuxième étage où se trouvait un corps de garde qu'il n'avait nullement l'intention de visiter.

Au troisième étage du Grand Temple se situait la salle de réunion des membres du Conseil.

Juste à côté, une seconde salle de garde !

Ce soir, tout semblait calme. Blade tourna dans un couloir en direction des appartements de Wranghoa.

Les meilleures choses avaient une fin : soudain, il entendit quelqu'un s'exclamer derrière lui :

— Où vas-tu ?

Le temps de se retourner, il se trouva nez à nez avec un olibrius moustachu qui devait faire office de troisième sous-chef dans l'armée locale.

*

* *

M'lounrha était étendue à côté de William Baker sur la double couchette de relaxation de la plateforme de reconnaissance. Deux heures durant, la jeune femme s'était déchaînée et Baker avait dû déployer tous ses talents amoureux pour la satisfaire, malgré les ressentiments qu'il nourrissait à son égard.

Ainsi, trois ans auparavant, il lui avait laissé — le temps de leur pourtant très brève liaison — un souvenir tellement impérissable qu'elle n'avait rien eu de plus pressé que de lui « sauter dessus » à peine avait-il posé le pied sur N'harangho. Son orgueil de mâle en fut flatté, mais que lui réservait l'avenir avec cette femme qui n'avait pas hésité, avec ses complices, à programmer la mort de tous les membres de l'équipage du *Maraudeur* et de plusieurs centaines de milliers des habitants d'Eilena ?

Baker se redressa sur un coude pour regarder celle à qui il avait donné sa parole de ne pas chercher à s'évader... et poussa un cri horrifié :

— Attention !

Il chercha à tirer M'lounrha vers lui, mais ne fut pas assez prompt et le petit serpent d'un rouge mordoré planta ses crocs dans la cuisse de la jeune femme. Arrachée à sa langueur, elle poussa un cri abominable.

Baker sauta à bas de la couchette et empoigna le premier objet à portée de sa main : une carafe d'extrait d'orlant que M'lounrha était allée chercher lors d'une pause au cours de leurs ébats. Il assena sur la bête un premier coup, mais celle-ci ne lâcha pas prise pour autant. Deux autres coups n'apportèrent pas le moindre résultat.

La jeune femme hurlait de douleur et de frayeur, puis brusquement se raidit, les yeux exorbités et de la bave sanguinolente aux bords des lèvres. Elle s'abattit tout d'un coup en travers de la couchette de relaxation, tandis que Baker traversait la cabine pour récupérer, au milieu des vêtements de la Dhokarienne, le pistolaser de celle-ci.

Il tua enfin le serpent, mais il était trop tard. M'lounrha ne bougeait plus.

*
* *

Ronny Blade, face au Hradjark, ne se laissa pas impressionner. Il articula d'une voix ferme :

— J'ai un message pour Wranghoa.

— Toi ?

Le soldat était à l'évidence sceptique, il fixait avec étonnement la sacoche de cuir que Blade portait en bandoulière.

— Qu'est-ce que c'est ? questionna-t-il en la désignant.

— Je dois la remettre au chef du Grand Conseil. Elle appartient à un Stourmi.

— Wranghoa en reçoit justement en ce moment.

— Elle appartient à celui qui s'est échappé du Palais Céhnjior, la nuit dernière. Je dois la remettre à Wranghoa en mains propres.

Tout à coup, le soldat eut un haut-le-corps et fit un geste pour saisir le fusil qu'il portait à l'épaule, mais Blade fut plus rapide à dégainer son pistolaser.

— Mène-moi aux appartements de Wranghoa, vite, et il ne t'arrivera rien. Sinon, tu risques de t'attirer des désagréments.

L'odyssée de Blade à travers le Grand Temple tournait à la catastrophe, car une demi-douzaine de Hradjarks débouchèrent soudain dans le couloir. Il ne pouvait pas faire front à autant d'adversaires, aussi se résolut-il à utiliser une grenade anesthésiante. Il ne lui en restait malheureusement plus tellement.

Il l'expédia au milieu du groupe, à environ dix mètres de lui. Le nuage de gaz noir s'éleva immédiatement, mais le gradé lui faisant face en profita pour bondir sur lui et il dut mettre fin à ses ardeurs belliqueuses en l'assommant. Le soldat s'écroula à ses pieds et Blade se hâta de reculer pour ne pas inhaler ce gaz.

Finalement, c'était une bonne solution. Avec une grenade anesthésiante sur ses arrières, il était protégé pour un temps. Les appartements du chef du Grand Conseil étaient tout proches, mais d'autres policiers arrivaient de ce côté-là.

Blade eut juste le temps de se faufiler entre de lourdes tentures et le mur pour les laisser aller se jeter tout droit sur le gaz anesthésiant. Avant que ses effets ne se dissipent, beaucoup de soldats seraient sans doute encore piégés.

Cela lui permit de continuer à progresser dans le couloir en toute tranquillité et de parvenir enfin à la porte des appartements de Wranghoa. Un Hradjark était posté devant. Il ne se méfia pas en voyant Blade approcher. Au contraire, il questionna :

— Que se passe-t-il ?

— Je ne sais pas. C'est au rez-de-chaussée. Wranghoa reçoit un Stourmi, en ce moment ?

— Oui.

— Merci de cette confirmation.

Une telle amabilité méritait une juste récompense et l'empoignant par les revers de sa tunique, Blade le sécha d'un sévère coup de boule.

Une fois la porte franchie, il entra effectivement dans le salon où le chef du Grand Conseil faisait attendre ses visiteurs. Il tira le garde à l'intérieur, puis referma en tirant un gros verrou.

Ensuite, il alla coller l'oreille à la porte du bureau, mais les architectes qui avaient construit les lieux s'y connaissaient en isolation. Pas un son ne filtrait.

Sans se laisser abattre par cette nouvelle difficulté, il ouvrit une fenêtre et, après avoir jeté un coup d'œil dans la cour intérieure qu'elle surplombait, chaussa une nouvelle fois ses crampons d'escalade, avant d'agripper le bord de la balustrade. A force, il allait devenir un champion de ce sport. Presque sans hésitation, il se laissa pendre dans le vide et se plaqua contre le mur pour se déplacer jusqu'à la fenêtre du bureau de Wranghoa...

*
* *

Le colonel Rheim Ghi reprit son calme. Il avait prévu depuis longtemps d'être placé sous un assimilateur d'hypnotransfert mémoriel par d'éventuels ennemis et avait mis au point la parade.

L'un des hommes qui l'avait extrait de sa cellule désigna le fauteuil d'un geste, tandis que le second lui retirait ses bracelets magnétiques. L'officier prit place dans le fauteuil et, dès qu'il posa les bras sur les accoudoirs, des cercles d'acier se refermèrent sur ses poignets.

Ensuite, un des hommes contourna l'appareil, tandis qu'un troisième, à la carrure athlétique et vêtu d'un justaucorps pourpre, entrait dans la pièce.

— Commodore Dooranko, se présenta-t-il.

Rheim Ghi reconnut la voix de l'homme qui s'était déjà adressé à lui dans sa cellule. Dooranko se coiffa d'un casque, relié à l'assimilateur d'hypnotransfert mémoriel, tandis qu'un homme abaissait le levier de mise en marche. Les trois hommes ne réalisèrent pas immédiatement que le colonel Rheim Ghi venait de fermer les yeux, après avoir eu un léger haut-le-corps et s'être affaissé dans le siège.

Le commodore Dooranko ôta son casque et grogna :

— Que se passe-t-il ? La communication entre nos deux pensées est établie, mais c'est comme si j'avais affaire à un esprit vide.

Un soldat se pencha sur Rheim Ghi, tâta son pouls, sentit son cœur battre :

— Il a dû avoir un malaise.

— Un malaise n'empêcherait rien. Il faudrait qu'il soit mort pour que...

Dooranko retint un juron, puis articula d'une voix blanche :

— Rheim Ghi est entré en sommeil cataleptique, oui, c'est cela. Il a subi un conditionnement.

— Il n'est pas possible de le réveiller ?

— Nous le tuerions.

Un temps, puis l'homme interrogea à nouveau :

— Qu'allons-nous faire, alors ?

— Attendre son réveil, émit Dooranko, mais il a dû se conditionner pour ne reprendre conscience qu'après un certain laps de temps que lui seul a pu établir.

*
* *

Ce que Ronny Blade voyait dans le bureau de Wranghoa le stupéfiait. Il ne s'attendait pas à surprendre Mel Simpson, le commandant de *La Mandragore*, penché sur le corps inanimé d'un homme d'une soixantaine d'années, aux cheveux blancs, écroulé à ses pieds, retirant de son épaule une fléchette. Ces dernières étaient imbibées du même produit soporifique que les morphées.

Que s'était-il passé ? Un échange de mots violents entre les deux hommes ? Mais voyant Simpson porter son poignet à la hauteur de ses lèvres et enclencher l'émetteur-récepteur de son bracelet, Blade devina que son action était préméditée.

Son action, oui... mais pas sa propre intervention !

Avec souplesse, il se rétablit sur le bord de la fenêtre, puis donna un coup de botte dans le battant qui s'ouvrit à la volée et bondit dans la pièce, Simpson voulut dégainer son pistolaser, mais Blade avait déjà le sien en main. Le commandant de *La Mandragore* s'immobilisa.

Blade alla récupérer l'arme de son adversaire et,

d'un mouvement sec, lui arracha son bracelet émetteur-récepteur.

— La raison ? demanda-t-il en désignant du canon de son pistolaser le corps inanimé de Wranghoa.

Mel Simpson afficha un air mauvais sans répondre. Ajouté au souvenir bien présent de la mine matélianante placée sur la route du *Maraudeur*, au beau milieu des courants spatiaux de la Queue de Gorbal, il n'en fallut pas davantage pour déclencher un violent coup de colère chez Blade. Il rengaina son pistolaser et décocha à Simpson un uppercut qui l'envoya valdinguer contre le bureau de bois massif. Surpris, l'homme ne réagit pas immédiatement et Blade lui infligea une sévère correction.

Lorsqu'il s'arrêta, le trafiquant était à terre. Blade le fit se relever d'un impératif coup de pied dans les côtes.

— Maintenant que nous avons partiellement réglé un vieux compte, explique-moi ce que tu envisageais de faire avec Wranghoa. Vite, sinon tu vas morfler plus durement, la prochaine fois.

En se relevant, Simpson se tenait le nez d'où coulait du sang ; il articula :

— Vous n'avez aucune chance, Blade ! Le colonel Rheim Ghi est notre prisonnier et sur N'haranghо, vous n'avez aucun allié.

— Pour l'instant, l'ennui pour toi est que tu te trouves du mauvais côté du canon de mon pistolaser.

— Qu'attendez-vous pour me tuer ?

— Ne m'y pousse pas.

Mel Simpson s'épongea le front avec la manche de son justaucorps et Blade répéta pour la troisième fois sa question :

— Pourquoi as-tu attaqué le chef du Grand Conseil ?

— J'en ai reçu l'ordre.

— De qui ?

— Va te faire foutre !

Blade fonça sur lui et le gifla à toute volée. Déjà secoué, le coup arracha à Simpson un beuglement que Blade interrompit d'un direct à l'estomac.

— A qui obéis-tu ?

— Les Dhokariens !

Blade laissa fuser un sifflement de surprise ! Dhokar était une planète située à plus de trois cents années-lumière de la Confédération Interstellaire. La B &B, C° avait croisé la route de leurs peu dignes représentants trois ans auparavant sur Eileena, planète récemment découverte que la compagnie avait ouverte à la colonisation.

Blade, Baker, Owens et Sherwood avaient sauvé une première fois ses habitants — les pacifiques Bn'angahoons à la peau bleu cobalt — de la terrible menace que faisaient peser sur eux les forbans de New Terra[1], puis d'une autre menace, plus redoutable encore : celles des légions de Bartzouk... Ces dernières comprenaient à la fois des soldats tolharniens et des soldats dhokariens et projetaient ni plus ni moins que la conquête de toute la Confédération Interstellaire à partir d'Eileena.

Il s'en était d'ailleurs fallu de peu — c'est-à-dire d'un corps expéditionnaire des Forces galactiques unies — que le sanguinaire général Bartzouk ne réussisse ses noirs desseins[1].

— Qu'est-ce que les Dhokariens veulent à Wranghoa ? Question-réponse, j'attends !

Péniblement, Mel Simpson se redressa et articu-

1. Lire *La colonie perdue*, SF Jimmy Guieu n° 58.

la :

— Il était en train de remettre en question son soutien parce que nous ne lui fournissons pas l'armement promis.

— OK... Tu vas donc l'enlever. Comment ?

— Une plate-forme de reconnaissance arrive.

Blade ramassa l'émetteur-récepteur avec lequel Simpson avait appelé la plate-forme. L'appareil émettait un bip-bip continuel, alors que l'engin approchait.

— Combien d'hommes, à l'intérieur ?

— Deux.

—Et où comptiez-vous emmener Wranghoa ?

Une hésitation, puis Simpson avoua :

— A Raaloc !

— C'est quoi Raaloc ?

— Le quartier général des Dhokariens.

— Intéressant, ça... Passionnant, même, n'ayons pas peur des mots.

Un silence, puis :

— Le colonel Rheim Ghi est prisonnier là-bas ?

Simpson hocha la tête :

— Oui, avec William Baker... et vos amis Andy Sherwood et Chuck Nilson.

Ronny blêmit et Simpson ajouta pécipitamment :

— On ne leur a pas fait de mal, je vous le jure !

Au même instant, la plate-forme de reconnaissance se matérialisa devant les fenêtres du bureau. Blade fit signe à Simpson de se tenir en retrait et lui plaça une paire de liens magnétiques autour des poignets en le prévenant :

— A la moindre tentative pour donner l'alerte à tes complices, tu es mort, vu ?

Le bracelet émetteur que Blade avait arraché à

Simpson sonna. Il enfonça le contacteur et entendit une voix demander :

« Commandant Simpson ? »

Obéissant au mouvement de tête impératif de Blade, Simpson se pencha sur l'émetteur et articula d'une voix blanche :

— C'est toi, Milius ?

« Qui d'autre voulez-vous que ce soit, commandant ? Tout s'est bien passé ? »

— Oui... Ouvre !

Dès que le sas d'admission de l'appareil commença à coulisser, Blade assomma Simpson d'un coup de crosse, puis, prenant appui sur le rebord de la fenêtre, sauta à l'intérieur de la plate-forme de reconnaissance. Milius apparut dans l'encadrement de la porte qui séparait la cabine de pilotage de la soute et eut un haut-le-corps.

Un direct à l'estomac lui coupa le souffle. Le bousculant, Blade fonça dans la cabine pour braquer le pilote, un petit chauve au regard affolé.

Blade stabilisa l'appareil au ras de la fenêtre, puis ordonna au pilote :

— Sors ! Les mains sur la tête.

Docile, l'homme s'exécuta.

« C'est fou ce qu'on obtient en parlant aux gens avec une arme à la main », se dit Blade.

Le pilote rejoignit Milius dans la soute. Après les avoir désarmés, Blade leur désigna le bureau du chef du Grand Conseil :

— Après vous !

Ils quittèrent tous les trois la plate-forme de reconnaissance, pénétrèrent dans le bureau. Le petit chauve sursauta en découvrant son patron, écroulé au sol.

— Ne t'inquiète pas pour lui, les crapules ont la peau dure.

Tout en les maintenant sous la menace de son arme, Blade chercha sa morphée dans la poche de sa combinaison, puis l'appliqua à la base du cou du pilote et de Milius qui s'effondrèrent.

Au même moment, on frappa à la porte du bureau. En deux enjambées, Blade s'assura que les verrous étaient bien tirés, mais Simpson avait pris ses précautions.

Il s'agissait de ne plus s'attarder. Le gaz anesthésiant ne devait plus faire effet et l'alerte devait être donnée !

Blade empoigna le corps de Mel Simpson et le traîna jusqu'à la fenêtre. Il fallait le transporter dans la soute de la plate-forme de reconnaissance sans le faire chuter dans le vide. Ce n'était pas une mince affaire. Il y parvint au moment où la porte du bureau de Wranghoa était enfoncée.

Le temps de faire coulisser le sas d'admission, une première salve retentissait ; heureusement que les coques étaient résistantes. Blade s'installa aux commandes de l'appareil et démarra en flèche. Il survola un instant les habitations n'haranghiennes avant de mettre le cap sur les murailles de la cité. Pour lui, tout était simple, désormais. Simpson le conduirait à Raaloc où il délivrerait ses amis et le colonel Rheim Ghi par la même occasion, en détruisant à lui tout seul la base dhokarienne.

Ensuite, les très honorables membres de la B & B, C° regagneraient *Le Maraudeur* et repartiraient dans la Confédération après avoir appris comment franchir sans danger les aberrations gravitionnelles qui isolaient N'harangho.

Lorsqu'il aurait franchi les Forêts de la Mort, il ferait parler Simpson. Jusqu'à maintenant, ce dernier s'était montré compréhensif, grâce aux arguments de Blade. Il n'y avait pas de raison qu'il change. Il avait beaucoup d'autres *arguments frappants* en réserve !

Mais le plus bel optimisme de l'Univers peut parfois tourner court ! Ronny se retourna brusquement : Mel Simpson, qui n'était pas resté évanoui longtemps, fonçait sur lui.

« Il a le crâne en béton armé, ma parole ! » s'insurgea Blade.

Et en plus, ça ne devait plus tourner très rond à l'intérieur, car Simpson se jeta sur lui comme un dément, lui faisant perdre le contrôle de l'appareil qui tangua dangereusement.

Comment avait-il pu se débarrasser de ses liens magnétiques ? Simpson l'avait empoigné à la gorge et serrait de toutes ses forces. Pour se défendre, Ronny Blade fut obligé d'abandonner totalement le pilotage de l'appareil et les deux hommes roulèrent sur le sol, pendant que la plate-forme de reconnaissance piquait du nez.

— Nous al... lons nous é... cra... ser, Simp... son ! tenta-t-il d'avertir, à moitié étranglé.

Mise en garde inutile, Simpson ne lâcha pas prise. Comme il avait bénéficié de l'effet de surprise, il avait pris un sérieux avantage.

L'écrasement de la plate-forme de reconnaissance au milieu des arbres sauva Blade de l'étouffement.

Quoique « sauvé », en l'occurrence, était vite dit. Outre que Blade, projeté du plafond au plancher, avait pris sur l'occiput toute une série d'objets, le moteur s'arrêta avec un chuintement discordant qui laissait peu d'espoir de voir la plate-forme reprendre l'air.

« Heureusement que nous n'allions pas vite !... »

Quand tout s'arrêta de tourner autour de lui, Blade aperçut la coque de l'appareil qui avait volé en éclats ; sans s'occuper de l'état de Simpson, il se rua sur sa sacoche de cuir et l'ouvrit précipitamment pour chercher son filet protecteur et ses gants.

Le temps de les enfiler, Simpson se tenait face à lui, un pistolaser en main :

— La situation a basculé, maintenant, hein ?

— Imbécile !

Simpson n'eut pas le temps de s'interroger longtemps sur cette remarque désagréable. Il eut un brusque soubresaut, porta la main à son visage, hurla et, l'instant d'après, s'écroula comme une masse. Les insectes-tueurs ne pardonnaient pas !

Tout de même impressionné, Blade ramassa son pistolaser et coupa les moteurs de la plate-forme, du moins ce qu'il en restait. Un épais buisson épineux avait amorti la chute, évitant l'explosion.

Blade n'était pas tiré d'affaire pour autant. S'il n'avait rien à craindre des insectes-tueurs, il restait les autres représentants de la faune n'haranghienne dont il avait pu apercevoir quelques spécimens en traversant les Forêts de la Mort, la nuit précédente. Par-dessus tout, il craignait les nappes de brouillard corrosif.

De nuit, la carcasse de la plate-forme le protégerait plus ou moins des prédateurs. Seulement, il n'avait plus aucun moyen de détecter à l'avance les nappes de brouillard et celles-ci se déplaçaient sans cesse.

Il avait donc tout intérêt à tenter de retourner à Hrastorg. Les murailles ne devaient pas être bien loin, à condition de ne pas s'engager dans la mauvaise direction. Pour être certain de la bonne route, il devrait grimper à la cime d'un arbre et repérer la cité grâce à ses jumelles à infrarouges.

Mel Simpson s'était écroulé juste devant le sas

d'admission, le visage abominablement boursouflé. Le passage d'Attila et de ses Huns était une délicate plaisanterie à côté de celui des insectes-tueurs... Le commandant de *La Mandragore* n'avait littéralement plus figure humaine. Outre les boursouflures, des plaques noires étaient apparues.

Blade détourna le regard en récupérant les liens magnétiques qu'il avait placés aux poignets de Simpson. Un seul coup d'œil lui suffit pour comprendre que leur mince capsule d'énergie était fissurée.

« Pas de pot ! » songea-t-il, philosophe.

Au moment de s'éloigner, il entendit le bruit caractéristique d'une plate-forme de reconnaissance. Instantanément, il fut sur ses gardes.

Il resta dissimulé à l'intérieur de la coque détruite, le pistolaser à la main et assista à l'atterrissage de l'engin.

Il s'apprêtait à bondir quand une silhouette qu'il reconnut immédiatement s'encadra dans l'ouverture du sas d'admission :

— Will !

Il se dévoila et William Baker s'exclama :

— Que fiches-tu là ?

— J'en ai autant à te demander... Comment se fait-il que tu pilotes une plate-forme de reconnaissance ?

Son ami n'eut pas le temps de répondre : un avertisseur sonore se déclencha sur le tableau de bord et il s'écria :

— Vite ! Une nappe de brouillard corrosif approche.

Blade le rejoignit et Baker referma le sas d'admission pendant qu'il retirait ses gants et le filet de protection.

— Tu es le seul survivant ? questionna Baker en

s'installant aux commandes.

— C'est déjà beau, non ? Mel Simpson y est resté, lui.

— Ça lui apprendra à balancer des mines matélianantes n'importe où. Il y a tout de même une justice sur cette foutue planète. Ce n'est d'ailleurs pas la seule vengeance qui se soit accomplie. Tu ne devineras jamais qui j'ai retrouvé...

— Si, des Dhokariens !

— Ah, tu sais déjà ! Et c'est le médecin-lieutenant M'lounrha en personne qui m'a kidnappé... Tu ne devineras jamais avec quelle idée derrière la tête.

— Non, tu ne vas pas me dire qu'elle voulait un p'tit coup de... reviens-y ?

— Exact.

— Ton charme est galactiquement connu, bel Apollon !

Ils décollèrent, mais tout de suite, Baker jura :

— Attention, la nappe nous a rejoints !

La plate-forme avait des difficultés à prendre de la hauteur.

— Nom de Zeus, cette saloperie va faire du dégât !

Brusquement, la plate-forme fit un bond en avant, arrachant au passage quelques branches hautes.

— *Damned* ! Nous nous sommes arrachés de la nappe de brouillard corrosif, soupira Baker, mais la plate-forme est mal en point.

— Mets le cap sur la ville ou nous nous écraserons avant d'être sortis de cette Forêt de la Mort, conseilla Blade.

Une série d'explosions acheva rapidement les moteurs de la plate-forme, mais la muraille de la cité se profila rapidement. Baker tira désespérément sur le levier pour essayer de gagner de la hauteur.

— Nous ne passerons pas, Will... Pose-toi avant la muraille.

L'appareil perdit de la vitesse et ils atterrirent à moins de cinq mètres de la muraille.

— N'oublie pas de remettre ton filet protecteur et tes gants, conseilla Baker.

— Aucun risque !

Ils quittèrent la plate-forme et coururent jusqu'à la muraille. Baker veilla à ce qu'aucun prédateur ne soit tenté de les prendre pour son petit déjeuner, pendant que Blade commençait son ascension. Arrivé au faîte, il lui lança les crampons. Avec agilité, Baker rejoignit son ami à l'intérieur de Hrastorg.

Blade l'entraîna en direction de la ruelle où habitait Grahghor. Ils avancèrent prudemment en rasant les murs.

— Où allons-nous ? questionna Baker.

— D'abord, rejoindre une amie.

— Bravo, pendant que j'étais enlevé, monsieur batifolait.

— Dans l'intérêt de nos affaires, figure-toi ! rétorqua-t-il, vertueux, la main sur le cœur. Qu'est-ce que tu t'imagines ? Loo nous cachera pour le reste de la nuit, ou bien nous gagnerons immédiatement le Palais Céhnjior où nous pourrons nous cacher. Partout ailleurs, nous aurions les Hradjarks sur le dos.

— Les Hradjarks ?

— La maréchaussée locale, si tu préfères.

Ils atteignirent l'immeuble en une dizaine de minutes ; cette fois, Blade décida d'entrer par la porte et comme tous les habitants ne dormaient sans doute pas encore, ils grimpèrent les marches quatre à quatre pour atteindre au plus vite le palier du troisième étage.

Blade toqua. Une chance sur deux pour que Loo vînt ouvrir elle-même. Pari gagné ! Elle eut un « ho ! » de surprise, rehaussé tout de suite par un sourire joyeux :

— Entrez, vite !

Ils ne se firent pas prier, car un locataire montait l'escalier derrière eux. La porte aussitôt refermée, Loo se coula contre Blade et l'embrassa passionnément.

— Qui parlait d'un charme galactiquement connu et d'un bel Apollon ? ricana Baker. Dans « l'intérêt de nos affaires », je le replacerai, moi, l'intérêt de nos affaires !

Blade fit les présentations et tout naturellement Loo alla... embrasser Baker sur la bouche ! Ce qui ne fut pas sans surprendre ce dernier. Passablement gêné, Blade tenta d'expliquer à mots couverts :

— Tu vois, Loo a vite... appris... Hum, notre coutume, euh... terrienne, Will, en guise de sympathie !

— Bien sûr, bien sûr...

Tout à coup, Baker semblait ravi. Il aurait volontiers enseigné d'autres traditions — et coutumes du même type — à la jeune femme.

— Grahghor ? demanda Blade.

— Il dort toujours, répondit-elle.

CHAPITRE VII

A Raaloc, le commodore Dooranko s'entretenait avec le capitaine Shtula-Parko, ex-maîtresse de Ronny Blade, mais qui ne nourrissait pas à son égard le même souvenir inoubliable que sa compatriote M'lounrha pour William Baker.

— La plate-forme de reconnaissance du lieutenant M'lounrha ne répond plus, indiqua le commodore... pas plus que celle avec laquelle Mel Simpson doit revenir avec Wranghoa.

— Ce dernier nous avait pourtant appelés pour nous indiquer qu'il avait réussi à neutraliser le chef du Grand Conseil n'haranghien.

— Oui, mais depuis, plus rien !

Shtula-Parko était mal à l'aise. Son supérieur le remarqua et lui en demanda la raison. Devant la disparition inexpliquée de son amie le lieutenant M'lounrha, Shtula-Parko comprit qu'elle ne pouvait plus se taire :

— M'lounrha n'a jamais vraiment oublié William Baker. Elle m'a expliqué qu'avant que nous ne les éliminions, lui et tous les autres membres de la

B & B, C°, elle voulait le séduire à nouveau. Elle était persuadée que malgré le ressentiment qu'il pourrait nourrir à notre égard, elle parviendrait à ses fins. William Baker — comme ses amis Ronny Blade et Andy Sherwood — résiste difficilement à l'appel de la chair. Nous en avons déjà fait l'expérience.

— Quelle imbécile ! se contenta de jurer le commodore Dooranko.

*
* *

Ronny Blade expliqua à William Baker tout ce qui lui était arrivé depuis qu'ils avaient quitté *Le Maraudeur* avec Sherwood : comment il avait sauvé Elklad des Hradjarks, le mensonge de celui-ci à propos de ses liens de parenté avec Galoonreha. Sa rencontre avec Rentoonreha dans les sous-sols du Palais Céhnjior, puis sa visite au Grand Temple où il avait empêché, in extremis, Mel Simpson et ses complices d'enlever le chef du Nouveau Conseil.

Baker résuma plus brièvement ses aventures et conclut par une question :

— Tu dis qu'Andy et Chuck seraient également prisonniers à Raaloc ?

— C'est ce que m'a affirmé Mel Simpson. C'est peut-être du bluff, mais je crains que ce soit malheureusement la vérité.

Baker hocha la tête, puis soupira :

— Maintenant, le seul qui puisse nous dire où se trouve Raaloc est sans doute Rentoonreha... A condition qu'il le sache, mais cela me semble vraisemblable.

— Il est donc urgent d'aller lui rendre visite !

A cette perspective, Loo s'écria :

— Vous n'allez pas sortir de nuit ! Les patrouilles…

— On se débrouillera pour les éviter, l'interrompit Blade. Normalement, les Hradjarks croient que les Stourmis sont partis à bord de la plate-forme de reconnaissance, depuis le Grand Temple.

— Dans ce cas, je vous accompagne, déclara-t-elle, péremptoire. Si je ne vous guide pas, vous allez perdre un temps fou pour trouver le palais.

*
* *

« Perdre un temps fou », ce fut le cas de le dire. Ronny Blade et William Baker, guidés par Loo, ne prirent pas le chemin le plus court, car les patrouilles de Hradjarks avaient dû être au moins quadruplées !

Pratiquement à tous les coins de rue, ils durent attendre, cachés sous un porche ou dans une encoignure d'immeuble, que les soldats s'éloignent et il leur fallut plus d'une heure et demie pour rejoindre l'édifice.

— Attention ! avertit Blade. La première fois que nous sommes venus au Palais Céhnjior, Loo et moi, les Hradjarks surveillaient le bâtiment.

— Tu comptes pénétrer à l'intérieur par la porte que Marlek nous a ouverte ? s'enquit Loo.

— Utilisons plutôt celle par où Rentoonreha nous a fait sortir.

Ils contournèrent le palais. Blade craignait que toutes les issues ne soient gardées par des policiers, mais, semblait-il, l'état-major avait préféré multiplier les patrouilles autour du bâtiment.

— Ils sont drôlement sur les dents, dites donc,

grogna Baker.

— C'est pour mieux te manger, mon enfant... A cause de la tentative d'enlèvement de leur chef, sans doute... Dépêchons-nous !

Blade arriva le premier à la porte et essaya la poignée. Bouclée ! Qu'à cela ne tienne, il avait plus d'un passe-partout dans ses poches et, après quelques secondes, le battant pivota.

Pistolaser au poing, ils pénétrèrent dans une salle basse du rez-de-chaussée désert. Ils longèrent alors le couloir central du palais, puis gagnèrent un escalier qui menait aux cuisines. Mais en tirant sur une pierre à un endroit bien précis, tout un pan de mur coulissait. Dès que Blade eût posé le pied sur la première marche, tout s'était éclairé autour d'eux. Le fameux système d'éclairage datant de la civilisation florissante et perdue de N'harangho !

Il referma le pan de mur et poussa un soupir de soulagement.

— Maintenant, nous n'avons plus rien à craindre des Hradjarks !

Des néralls non plus, puisqu'ils n'allaient pas repasser par la caverne. Le trio s'engagea dans un escalier très étroit. Baker et Loo sur ses talons, Blade dégringola les marches.

— Rentoonreha ne risque pas de nous prendre pour des intrus indésirables et nous préparer une mauvaise réception ?

— Espérons que non.

Ils parvinrent à destination et Blade appuya sur une nouvelle pierre ; un pan de mur se dégagea pour leur permettre d'entrer dans la chambre du père d'Elklad. Le système n'était heureusement pas verrouillé.

Le vieil homme n'était pas couché, mais ils entendirent du bruit dans la pièce voisine, son bureau-laboratoire. A la place de l'ex-chef du Grand Conseil, ils trouvèrent Marlek, l'intendant.

En les entendant, celui-ci se retourna. Son maître avait dû lui parler de Ronny Blade, car il ne sembla pas paniqué, seulement surpris. Terriblement surpris.

— Com... Comment êtes-vous parvenus jusqu'ici ?

— Par l'escalier secret.

— Mon maître ne vous attendait pas.

— Et alors ? Où est-il ?

Marlek ne répondit pas tout de suite et Blade s'apprêta à reposer sa question lorsque le domestique déclara :

— Il est parti juste après votre départ.

— Parti ? Où ça ?

Marlek haussa les épaules :

— Rejoindre ses enfants. Inutile de me demander où. Le maître ne me confiait rien de ses recherches.

— Comment est-il parti ?

— A bord d'un stork qu'il tenait prêt depuis longtemps au-delà des murailles d'Hrastorg.

— A l'intérieur des Forêts de la Mort ?

— Non, juste à la lisière de celles-ci, précisa le vieillard. Je vous montrerai le souterrain qui traverse la cité et une partie de la forêt, mais n'espérez plus le rejoindre. Il est parti depuis trop longtemps, désormais.

Puis il reprit :

— Il ne m'a pas laissé d'ordres, mais je pense que vous pouvez disposer de cette retraite le temps qu'il vous plaira. A son retour, il prendra une décision vous concernant. Lui ou maître Elklad.

Blade faisait des efforts méritoires et manifestes pour éviter d'exploser. Ce que voyant, bon camarade, Baker posa la main sur son épaule :

— Dis donc, Ron... Tel père, tel fils, on dirait... Presque aussi sincères !

*
* *

A bord du *Maraudeur*, Red Owens n'avait aucune nouvelle, ni d'Andy Sherwood et de Chuck Norris, ni de Ronny Blade. Il craignait le pire et ne savait pas que faire.

Quoique dans l'immédiat, et tant que les réparations du vaisseau n'étaient pas terminées, il n'avait pas beaucoup le choix.

Devait-il chercher à retrouver ses amis en se fiant à l'armement du *Maraudeur* ? Ou quitter N'harangho, rejoindre la Confédération Interstellaire, alerter les Forces spatiales et revenir avec des renforts ?

C'était possible en un minimum de temps, mais sous-entendait également de franchir à nouveau les aberrations de la Queue de Gorbal... Bien sûr, lors de leur premier passage, il avait fait enregistrer par le cosmo-trajectographe du bord les coordonnées exactes de la route que le vaisseau avait suivi... Seulement, leurs ennemis avaient peut-être de nouveau piégé cette route et la perspective de s'exposer à une nouvelle mine matélianante n'enchantait pas du tout, mais alors pas du tout, le pacha du *Maraudeur*.

Owens en était là de ses réflexions lorsque Wayne, l'ingénieur des transmissions, l'avertit :

— Commandant, Andy et Chuck sont de retour.

Avec un immense soulagement, Red Owens se précipita vers le télévisionneur où apparaissait effectivement le camion dégravité avec lequel les deux hommes étaient partis.

Au fur et à mesure que le véhicule se rapprochait du *Maraudeur,* la caméra à longue portée précisait les silhouettes à l'intérieur.

— Tiens, ils ramènent quelqu'un, annonça Wayne... Sans doute Baker.

Arrivé devant le vaisseau spatial, le véhicule stoppa et, sur l'écran du télévisionneur, ses trois passagers apparurent très nettement.

Juhnioo, Géhukoo et Loprisoo quittèrent le véhicule et se présentèrent devant le sas d'admission.

Red Owens empoigna le micro intérieur et d'une voix où pointait la déception, déclara :

— Menza, Lambert... Allez accueillir ces jeunes femmes.

*

* *

Baker, Blade et Loo profitèrent de leur inaction forcée pour prendre un repos bien mérité.

Marlek avait apporté dans le laboratoire-bureau un matelas sur lequel Baker avait étendu une fourrure avant de s'endormir comme un bienheureux, tandis que Blade et Loo s'isolaient dans la chambre de leur hôte. Bien que Blade eut d'autres préoccupations en tête, il ne put refuser à Loo une nouvelle séance d'anatomie comparée. Après quoi, la jeune fille sombra dans le sommeil et lui-même, après deux cigarettes fumées coup sur coup, en fit autant.

A l'aube, Marlek les réveilla.

— Les Hradjarks occupent le palais.

— Ça n'a pas l'air de t'inquiéter ? fit remarquer Blade en redressant son oreiller, tandis que Loo tirait pudiquement le drap jusqu'à son menton.

— Ils n'ont pas de raison de découvrir cette caverne.

— Comment justifies-tu ton absence lorsque tu viens ici?

Le vieillard haussa les épaules :

— Je n'en ai pas besoin, on ne s'intéresse pas à moi.

William Baker entra à son tour en bâillant, la main repliée devant sa bouche. Il avait le réveil difficile. L'œil était lourd, la lèvre boudeuse, le cheveu rebelle et la combinaison isolante froissée. Il se laissa choir aux pieds du lit et empoigna une des tasses d'extrait d'orlant que Marlek avait apporté. Il la vida aux trois quarts — le breuvage avait eu tout le temps de refroidir — puis déclara :

— Il faut prendre une décision, Ron !

— On sait ce qu'on a à faire : d'abord, retrouver Andy, Chuck, le colonel Rheim Ghi, Rentoonreha et ses héritiers... Ensuite, mettre les Dhokariens hors d'état de nuire !

— C'est tout simple ! admit Baker.

Après avoir avalé le contenu de sa propre tasse et sans toucher aux petites galettes rondes qu'il laissa à Loo, Blade sauta hors du lit pour s'habiller.

— OK, dit-il. Nous n'avons donc plus une minute à perdre. Marlek va nous conduire au souterrain traversant la ville et nous commencerons par récupérer le camion dégravité avec lequel je suis arrivé.

— Ensuite ?

— Ensuite, voyons... Après sa tentative d'enlèvement par les Dhokariens, Wranghoa ne doit plus tellement les porter dans son cœur. On devrait pouvoir s'entendre avec eux contre ceux qui sont désormais nos ennemis communs. Il n'y a pas de raison, non ? De plus, il aura sûrement une petite idée sur l'emplacement de Raaloc.

Les projets de Blade paniquèrent Marlek.

— Vous voulez vous allier avec le Nouveau Conseil ? s'étrangla-t-il, horrifié.

— Pourquoi pas ? Ton maître nous a laissés tomber. Que veux-tu que nous fassions ? Il faut se mettre à notre place.

— Wranghoa vous jettera en prison !

Baker, qui avait compris où Blade cherchait à en venir, entra dans le jeu :

— Mais non, mais non, ce n'est pas un méchant homme, je suis sûr ! Il s'agit seulement d'engager le dialogue.

— Et puis, rappela Blade, j'ai empêché son enlèvement. Il ne sera tout de même pas ingrat au point de l'oublier.

— Bien que, lui fit judicieusement remarquer Baker, de la façon dont tu m'as raconté les choses, Ron, le brave Wranghoa n'a rien vu !

Blade, ennuyé, marmonna :

— Vrai et il n'y avait aucun témoin ! Les témoins, c'est comme les flics, jamais là quand on a besoin d'eux... Enfin, compte sur moi pour le convaincre. J'ai une force de persuasion insoupçonnable quand je veux.

Blade, tranquillement, alluma une cigarette tout en gardant un œil sur l'intendant en transe. Leur éventuelle alliance avec le Nouveau Conseil l'affolait à tel point qu'il finit par articuler :

— Ne faites pas ça !

— Tu as autre chose à nous proposer ?

Un temps, pendant lequel Blade et Baker d'un côté, Marlek de l'autre, s'observèrent, puis ce dernier baissa les yeux en laissant tomber :

— Je vous mènerai jusqu'à maître Rentoonreha, si vous renoncez à vos projets d'alliance avec Wranghoa.

*
* *

Galoonreha, furieuse, se retourna sur sa couchette de relaxation. Elle avait commis une imprudence et n'avait vraiment pas eu de chance. Elle connaissait dans ses moindres détails le labyrinthe secret de Raaloc et aurait dû se montrer beaucoup plus prudente avant de sortir dans ce couloir.

Elle s'était retrouvée nez à nez avec deux Stourmis. Leur surprise avait bien valu la sienne. Elle avait failli réussir à refermer la porte, mais l'un des hommes avait été plus rapide. Il l'avait violemment tirée à lui et la porte secrète s'était refermée, la laissant prisonnière des Stourmis.

Par chance, aucun d'eux ne savait qui elle était. Elle avait inventé une histoire rocambolesque, se faisant passer pour une jeune servante de Hrastorg qui avait réussi à s'enfuir de la cité, puis à pénétrer dans cette ancienne cité n'haranghienne par le plus grand des hasards.

L'avait-on cru ? Sûrement pas, mais les Stourmis étaient pour le moment trop préoccupés par leurs rapports avec Wranghoa. Des rapports qui s'étaient brusquement détériorés.

Le commodore Dooranko avait ordonné qu'elle soit jetée en cellule. Il se préoccuperait de son sort plus tard. Visiblement, les rapports avec Wranghoa n'étaient pas ses seules contrariétés ; peu avant sa capture, Galoonréha avait surpris une conversation entre deux Stourmis.

Un de leurs prisonniers, le colonel Rheim Ghi, chef des Forces spatiales d'une planète nommée El'hiaxorni, s'était volontairement plongé en sommeil cataleptique afin d'échapper à un assimilateur d'hypnotransfert mémoriel.

Elle ignorait ce qu'était cet appareil, mais avait posé la question à son geôlier qui lui avait vaguement expliqué ce dont il s'agissait.

Soudain, elle entendit des pas dans le couloir, il s'agissait justement de son geôlier, un petit homme sec qui jetait des regards d'une lubricité malsaine.

Immédiatement, elle se redressa pour quitter prestement ses vêtements, un boléro rouge, son short bouffant et enfin son sous-vêtement de fine dentelle. Elle s'allongea ensuite à plat ventre sur la couchette de relaxation, la tête dans les bras.

Galoonréha était une jeune fille superbe. Pas très grande, mais merveilleusement proportionnée, c'était une véritable blonde. Le sport lui avait donné un corps musclé sans exagération, et il émanait d'elle une sensualité qui lui valait nombre de prétendants.

Un panneau dans la paroi coulissa et le geôlier — qui se prénommait Roc — entra, poussant devant lui le chariot du petit déjeuner.

— Qu'est... Que...

A croire qu'il n'avait jamais vu une croupe ainsi dénudée !

Elle fit mine de s'éveiller en sursaut, s'appuya sur un coude et passa une main dans ses cheveux. Enfin, elle sourit. Roc était littéralement tétanisé. Ses yeux avaient pour le moins doublé de volume et semblaient prêts à jaillir de sa tête pour venir se nicher au creux des seins de Galoonreha, de son ventre, de ses cuisses, enfin partout, partout, partout...

— Que m'apportez-vous à manger ? questionna-t-elle d'une voix d'ingénue.

Roc ne réussit pas à articuler la moindre syllabe, alors elle s'assit, accentua son sourire et murmura :

— Je n'ai pas faim, mais, par contre... Vous êtes

le seul homme qui m'approchiez, on pourrait peut-être s'arranger pour passer le temps tous les deux.

Elle plia une jambe pour poser le menton sur son genou, découvrant plus qu'il n'en fallait pour que Roc perde tout contrôle. Il referma le panneau coulissant au moyen de l'émetteur à sa ceinture, puis s'élança vers la jeune fille.

Et enfin réussit à parler :

— On va être tranquilles, tout le monde roupille encore à cette heure !

Il se jeta bestialement sur la jeune fille, la bouche bavante et le souffle déjà court... Elle se laissa tout d'ábord faire, puis au détour d'un baiser et d'un pelotage en règle, lui empoigna à deux mains les attributs de sa virilité qui, comme c'est le cas chez tous les mâles, étaient d'une extrême sensibilité surtout lorsque, dans le même mouvement, on les serrait tout en tournant et en tirant sans douceur!

Roc poussa un hurlement à regretter à tout jamais ses bas instincts, se tordit sur le bat-flanc, roula par terre, les mains ramenées — mais trop tard — en protection de son anatomie mise à mal et il suffit alors à Galoonréha de lui fracasser un gros bol de terre cuite sur le crâne pour en être définitivement débarassée.

Satisfaite, elle se rhabilla, rafla l'émetteur et referma sa cellule derrière elle en sortant.

*
* *

Marlek, désormais contraint d'aider Blade et Baker, n'arrêtait pas de ronchonner. Rongé par le doute, il les guidait à travers le souterrain. son maître ne lui avait laissé aucune directive. Comment savoir s'il avait raison d'agir de la sorte ?

« Cela sous-entendrait donc, songeait Blade, que l'ex-chef du Grand Conseil de Hrastorg ne pensait pas me voir ressortir du Grand Temple, où j'aurais dû être arrêté et très probablement... exécuté ! »

Baker et lui avaient de plus en plus la conviction que les N'haranghiens étaient des gens tordus. Et encore, « tordu » était un euphémisme ! Déjà, Elklad leur avait présenté un genre « plus menteur que moi, tu meurs ! », puis son géniteur avait causé une peur monstre à Loo et à Blade avec les prétendues morsures venimeuses des néralls, avant de disparaître, lui qu'on n'aurait pas cru capable de tenir debout plus de dix minutes !

Blade et Baker étaient de mauvaise humeur...

Loo était restée pour les attendre dans la caverne du palais. Cette perspective ne l'avait guère entousiasmée, mais il était impensable de l'emmener.

— Ton souterrain, Marlek, on va bientôt en voir le bout ? grogna Baker.

— Nous arrivons.

Après un dernier coude du couloir, ils débouchèrent devant un rocher que Marlek entreprit de faire basculer. Devant, c'était la jungle. Ils sortirent sur un promontoire rocheux, isolé au milieu des arbres.

Une Forêt de la Mort avec son contingent de fauves, une meute de grands lions à la peau mouchetée, en train de se faire rôtir au soleil du matin. Le vent ne devait pas porter dans leur direction, car ils ne remarquèrent pas les trois arrivants.

— Il y a des morrols dans les parages ? s'inquiéta Baker.

— Ils ne pénètrent pas jusqu'ici, répondit l'intendant.

— Tu nous en vois ravis.

— L'onguent d'extrait d'orlant servira à repousser les insectes-tueurs, ajouta le vieux serviteur.

Baker le regarda d'un air déconfit :

— On est vraiment obligés de se badigeonner avec cette horreur ?

— Allez, Will, ne fais pas le délicat !

Pour donner l'exemple et n'écoutant que son courage, Blade plongea deux doigts dans le pot que lui avait remis Marlek et commença à étendre la crème sur son visage et ses mains. Il réprima une moue dégoûtée. L'odeur aurait fait vomir tous les éboueurs de la Confédération Interstellaire.

Les deux compagnons s'empuantirent à leur tour, puis tous les trois se mirent en route vers un petit sentier à travers les arbres.

— Cette odeur repoussera également les serpents ? s'enquit Blade.

— Il faudra tout de même se méfier.

*
* *

Gino Menza et Serge Lambert ouvrirent le sas d'accueil du vaisseau spatial à Juhnioo, Géhukoo et Loprisoo. Elles indiquèrent qu'elles avaient un message pour le commandant Red Owens et se laissèrent rapidement fouiller, puis conduire jusqu'à un élévateur.

Toutes les trois regardaient l'intérieur du vaisseau en poussant de petites exclamations joyeuses, semblant s'étonner de tout ce qu'elles découvraient.

— Vous n'êtes jamais montée dans un vaisseau spatial ? demanda Gino Menza à Loprisoo qui avait fait sur lui forte impression.

— C'est la première fois.

— Mais qui vous envoie ?

Ce fut Géhukoo qui répondit :

— Andy Shereau !

— Sherwood, rectifia Lambert.
— Oui, Andy Sherwood... Il était avec un ami.
— Chuck Nilson ?
— C'est cela.
— Où sont-ils, maintenant ? demanda Menza.
— Ils ne sont pas en danger, assura Loprisoo, mais ils sont blessés tous les deux.
— Hein ? C'est grave ? s'inquiéta Lambert.
— Non, ils sont soignés dans notre village. Leur vie n'est pas en danger.
L'élévateur s'arrêta au bout du poste de pilotage et les portes coulissèrent. Les deux électroniciens conduisirent le trio féminin jusqu'au bureau de Red Owens.
— Restez ici ! ordonna Juhnioo à ses deux amies.
Elle rentra seule dans le bureau du pacha, tandis que Menza et Lambert proposaient à Géhukoo et à Loprisoo de leur offrir un « rafraîchissement » à la cafétéria du bord.
— Avec plaisir, répondit Loprisoo qui, d'autorité, prit le bras de Serge Lambert, tandis que Gino Menza offrait le sien à Géhukoo.

*
* *

Ronny Blade avait retrouvé sans trop de difficultés l'endroit où il avait garé son véhicule. Depuis, Marlek les guidait, il avait l'air de savoir où aller, c'était déjà ça. L'intendant s'orientait par rapport à une chaîne de montagnes et, très vite, ils quittèrent la Forêt de la Mort pour traverser une plaine immense. Cela ne disait rien qui vaille aux deux Terriens qui craignaient de voir apparaître les storks.
— Nous sommes facilement repérables, grogna

Baker.

Blade se demandait s'il n'aurait tout de même pas mieux valu entrer en contact avec Wranghoa pour obtenir son alliance. Evidemment, pour le convaincre, il leur aurait fallu du temps et, d'un autre côté, ils auraient été brouillés avec Rentoonreha et sa famille. Quand on a choisi un parti, même poussé par les événements comme cela avait été le cas, il était toujours délicat de changer de camp par opportunité.

Il était d'ailleurs trop tard pour changer quoi que ce soit. Leur seule chance était de prendre tout le monde de vitesse afin de mettre un maximum de pagaille entre Dhokariens et N'haranghiens. Diviser pour mieux régner, c'était une tactique vieille comme le monde.

— Où est parti ton maître, exactement ? demanda soudain Baker.

— Je vous l'ai dit, il a rejoint ses enfants.

— Où ? insista Blade.

Marlek désigna du doigt les montagnes devant lui :

— Les recherches de maître Rentoonreha ont abouti à ces montagnes. Il est persuadé d'y trouver des traces de notre ancienne civilisation... Je n'en sais pas plus.

Blade et Baker échangèrent un coup d'œil. Marlek en savait bien davantage. Devant un tel entêtement et quand la situation l'exigeait, ils nc pouvaient pas se permettre de faire de sentiment.

Coup de frein, arrêt et double regard furieux vers Marlek.

— Qu'est-ce qu'il y a ? s'inquiéta ce dernier.

— Tu nous emmènes va savoir où et ça ne nous plaît pas. Les coups tordus, on en a assez, alors, soit tu dis tout et j'ai dit tout, soit tu te débrouilleras pour rentrer à Hrastorg en évitant les fauves, les morrols, les nappes de brouillard corrosif, les insectes-tueurs, les serpents-minutes... il n'y a pas plus de cent cinquante kilomètres.

— Mais, vous ne pou...

Baker fit coulisser la porte du camion.

— Ah, si, on peut ! Je t'assure, on peut ! On garde les armes, bien sûr, et même ta crème dégoûtante. On s'y est habitués, Ron et moi. Rien à voir avec le parfum d'une rose. Ça nous rappelle plutôt une odeur de fosse septique, mais c'est supportable.

Stupéfait, Marlek fixait les deux Stourmis avec des yeux effrayés. Le baromètre de sa peur était proche du zéro absolu et devant les expressions décidées — il cherchait bien un apitoiement, même tout petit, mais en vain — il comprit que les deux hommes ne plaisantaient pas.

« Et s'il décidait de se sacrifier ? songea un instant Blade. Nous aurions bonne mine. »

Marlek hésitait, en tout cas.

Puis, il capitula.

— Maî... Maître Rentoonreha a découvert les... derniers vestiges de la grande civilisation de N'harangho au cœur des montagnes, dans la vallée encaissée où... où les Stourmis se sont installés.

— Tiens donc, il s'agit de Raaloc, dans ce cas ?

Il acquiesça :

— Oui, Raaloc est un mot ancien de la langue n'haranghienne signifiant puissance.

— Et là-bas, dit Blade, ça se présente comment ?

— Je... Je l'ignore. Seule Galoonréha a déjà visité la vallée de Raaloc depuis son occupation par les Stourmis. Son frère a décidé d'y aller à son tour. Il est parti voici quelques jours et...

— Oui, et je l'ai sauvé des Hradjarks. Sur ce, sa sœur est repartie et ton maître a suivi, sitôt après m'avoir expédié au Grand Temple de Hrastorg. Bon, comment comptes-tu entrer dans Raaloc ?

— J'ai souvent entendu mon maître s'entretenir avec ses enfants. A l'entrée de Raaloc existe une caverne avec un passage.

— On ne dira jamais assez de bien des domestiques qui écoutent aux portes, laissa tomber Baker.

« Seulement, s'agit de savoir si Marlek dit la vérité ou s'il nous mène en bateau », songeait-il.

De toute façon, avaient-ils le choix ?

Blade regarda Baker qui lui fit signe de repartir.

*
* *

A bord du *Maraudeur*, tout se passa extrêmement vite. D'abord, dans le bureau de Red Owens où Juhnioo, seule avec ce dernier, arracha un bouton de son justaucorps et le lança à terre... La fumée noire d'un gaz anesthésiant se répandit et Red Owens se mit à suffoquer. Il essaya de donner l'alerte grâce à l'émetteur-récepteur de son bracelet, mais la brune N'haranghienne, avec une surprenante rapidité, lui empoigna le bras.

Sur elle, le gaz était sans effet.

Dans le couloir, alors que Gino Menza et Serge Lambert conduisaient Géhukoo et Loprisoo à la cafétéria, la même scène se produisit. Tandis que les deux électroniciens s'effondraient, les deux blondes se séparèrent.

Géhukoo gagna un élévateur et fila directement au poste de pilotage, tandis que Loprisoo rejoignit l'avant-dernier pont du *Maraudeur*. Celui de la salle des machines au centre de laquelle trônait la masse compacte de l'énorme générateur d'énergie gravito-magnétique.

Une nouvelle grenade anesthésiante la débarrassa des membres de l'équipage qui s'y trouvaient.

Deux autres grenades, déposées à l'intérieur d'une conduite d'aération, suffirent à rendre les trois jeunes femmes maîtresses du vaisseau spatial.

Depuis le poste de pilotage, Géhukoo contacta Raaloc, et dans le télévisionneur principal s'encadra bientôt l'image du commodore Dooranko.

— Mission accomplie, commodore. Tout l'équipage du *Maraudeur* est neutralisé.

« Bien… Le capitaine Shtula-Parko arrivera pour en prendre possession d'ici une dizaine de minutes. Apprêtez-vous à l'accueillir. »

— A vos ordres, commodore.

CHAPITRE VIII

— La vallée de Raaloc ! annonça Marlek.

Ronny Blade, William Baker et lui étaient allongés dans l'herbe et contemplaient le bâtiment érigé tout près d'une cascade. Une construction impressionnante, même si elle avait un cruel besoin de réfections... auxquelles s'employaient une dizaine d'ouvriers.

On aurait dit une grosse pyramide tronquée de plus de cent mètres de haut, percée d'une multitude d'ouvertures qui devaient correspondre à des fenêtres.

— Voilà donc la fameuse base secrète des Dhokariens, fit Baker. Ça ne fait pas très jeune.

— Ce sont les derniers vestiges de..., commença Marlek.

— ... de la grrrraaaannnde civilisation de N'harangho, on sait, on sait... Reste maintenant à évaluer le nombre de Dhokariens et de leurs alliés stourmis qu'il va nous falloir affronter.

Blade régla ses jumelles et dénombra déjà cinq hommes armés jusqu'aux dents, en plus de ceux qui s'attaquaient aux réfections. A première vue, ces cinq-là faisaient office de sentinelles.

— A défaut de massacrer tous les Dhokariens et leurs complices, on pourrait peut-être se contenter de délivrer nos amis ? suggéra Blade.

— Nous pouvons compter sur l'appui de Rentoonreha et des siens, fit Baker.

Un peu présomptueux, de l'avis de Blade, mais Marlek admit aussitôt :

— Mon maître vous prêtera main-forte, j'en suis persuadé. Ces Stourmis sont les alliés du Nouveau Conseil.

— Depuis que Mel Simpson a tenté d'enlever Wranghoa, la situation a dû évoluer, mais passons... Où se situe ta fameuse caverne ?

— Suivez-moi.

Marlek leur avait affirmé n'avoir encore jamais mis les pieds dans cette vallée, mais il prenait sans hésitation la direction de la caverne. A nouveau, Blade et Baker échangèrent un regard éloquent. Ni l'un, ni l'autre n'étaient dupes, mais ils ignoraient où commençaient et où s'arrêtaient les mensonges de l'homme.

Ils retournèrent au véhicule, caché derrière un bosquet épineux, le couvrirent entièrement de feuillage pour le rendre invisible du ciel, puis Marlek les entraîna vers une paroi rocheuse. Pour un peu, il les y aurait menés les yeux bandés, les prévenant même :

— Attention aux éboulements !

S'il avait retenu tout le parcours pour l'avoir entendu par un trou de serrure, c'était vraiment stupéfiant...

Blade et Baker se tenaient sur leurs gardes. Main sur la crosse de leurs pistolaser, ils n'hésiteraient pas à tirer à la moindre alerte.

Parvenu au pied de la paroi rocheuse, Marlek se retourna pour leur indiquer :

— La caverne doit se situer par ici.

Il se remit en marche, très à son aise. Il les devançait de quelques mètres et Baker souffla à l'oreille de son ami :

— Tout ça ne me plaît pas, Ron.

— A moi non plus. Ce n'est pas la première fois qu'il vient ici.

Ils étaient parvenus devant l'entrée d'une grotte. En l'occurrence, parler d'une caverne, c'était avoir sérieusement besoin de lunettes ; il s'agissait plutôt d'un boyau dans la paroi rocheuse où Marlek s'aventura sans hésitation.

A l'intérieur, l'obscurité était totale ; Blade récupéra sa lampe de poche et éclaira alentour. La roche était recouverte d'une mousse rougeâtre sur laquelle couraient de grosses araignées mauves.

Marlek s'était engagé dans un goulet où ils avancèrent courbés. Blade s'attendait à ce qu'il lui réclame sa lampe, mais il n'en fit rien.

— Tu sembles bien sûr de ton chemin.

Celui-ci ne répondit pas mais, tout à coup, se plaqua à la paroi en bondissant sur la droite. Blade s'arrêta net. Le rayon de sa lampe accrocha le bord d'une crevasse. Comment Marlek l'avait-il remarquée, dans l'obscurité ? Encore une preuve qu'il était déjà venu ici.

L'Intendant repartit. Blade s'élança derrière lui. Alors qu'il franchissait le passage difficile, Marlek se mit à courir dans le goulet. Blade voulut en faire autant, buta contre une pierre et s'étala. Le temps de se relever, l'homme avait disparu. Il balaya la roche avec le rayon de sa torche cherchant à deviner où leur guide était passé. En vain. Il s'était bel et bien volatilisé, à son nez et à sa barbe.

Blade réalisa que Baker ne le suivait pas.
— Will ?
— Je suis dans la crevasse, Ron !
Il le rejoignit. Effectivement, son ami était en train d'examiner la roche avec sa propre lampe-torche.
— Le vieux s'est fait la belle, avertit Blade.
— On s'y attendait, non ?
Il chercha le moyen de descendre et Baker lui conseilla :
— Saute, ce n'est pas très haut !
Il se reçut d'une génuflexion sur le sol recouvert de sable fin.
— Ce sable a certainement été apporté par un cours d'eau souterrain. A ton avis, si nous suivions son cours, on aurait des chances d'arriver près de la cascade, dehors ?
— On ne risque rien à se diriger par là, en tout cas. Si Marlek nous a faussé compagnie, il peut nous préparer une souricière. Il connaît les lieux comme le fond de sa poche.
— Je crois plutôt qu'il va rejoindre Rentoonreha pour l'avertir de notre présence.
— Ou bien les Dhokariens !
— S'il avait voulu nous livrer, il nous aurait menés directement à eux. Cela lui aurait été facile.
Ils s'engagèrent dans le lit asséché du cours d'eau souterrain. Si le goulet n'était pas bien haut de plafond, ce fut bientôt pire et ils furent obligés de ramper.

*
* *

Il était satisfait d'avoir réussi à s'évader, mais Galoonréha n'était pas sortie d'affaire pour autant.

Dès qu'elle eut quitté sa cellule, elle s'engagea dans un escalier de pierre. Roc, son geôlier, lui avait dit qu'à cette heure matinale, tout le monde dormait. Du moins dans cette partie de Raaloc, car les ouvriers des Dhokariens commençaient leur travail sur le chantier chaque jour, le soleil à peine levé.

En tout cas, contrairement aux dires de son geôlier, des gens s'affairaient à l'étage supérieur. Elle se dissimula sur une corniche, située à plus de deux mètres du sol, pour laisser passer deux hommes armés, puis un troisième individu surgit, poussant devant lui un chariot de nourriture, semblable à celui que Roc lui avait apporté dans sa cellule.

*
* *

— Le sol devient humide, Ron.

Depuis un bon moment déjà, ils entendaient le clapotis de l'eau.

— J'ai senti... Je ne serai pas mécontent de sortir de ce boyau. D'après toi, quelle distance avons-nous parcourue ?

— Cent cinquante mètres, tout au plus... En rampant, c'est énorme. Ah, voilà l'eau... Ça y est, je sors.

Blade sortit à son tour sur le bord d'une petite rivière, à l'intérieur d'une caverne.

— Je ne sais pas si nous allons trouver une issue, murmura Baker, pessimiste.

— Par là, regarde, un passage !

Ils accédèrent à une autre caverne après avoir gravi une pente glissante et Blade se demandait s'ils n'étaient pas en train de tourner en rond, quand le rayon de sa lampe accrocha un corps. Il le reconnut immédiatement :

— Elklad !

Ils s'élancèrent vers lui. L'homme gisait dans une mare de sang. Il avait été gravement touché par un tir de pistolaser et avait perdu connaissance. Blade se pencha sur lui…

— Il est vivant, mais dans un piteux état ! Si nous ne le soignons pas rapidement, il est fichu.

— Le soigner avec quoi ? grogna Baker, sarcastique.

— Déjà, s'il est ici, c'est qu'il y a un chemin pour sortir.

— Oui, cet escalier-là !

Il était taillé à même la roche et remontait vers la surface.

— On n'a pas le choix. Occupe-toi de lui, Will, j'ouvre le chemin.

Pistolaser au poing, Blade précéda son ami et, dès qu'il eut mis le pied sur la première marche, les parois de la roche irradièrent la même lumière que dans la caverne du Palais Céhnjior. Marlek n'avait pas toujours menti, il y avait bien des vestiges de l'ancienne civilisation de N'harangho, mais toujours les mêmes.

Ils débouchèrent subitement dans une pièce vide, aux murs peints de signes étranges. Sans s'attarder à jouer les Champollion, Blade et Baker se dirigèrent vers une porte monumentale sans système d'ouverture apparent.

Baker déposa Elklad par terre pour venir examiner la porte avec son ami. Ils cherchèrent un bon moment, puis Baker effleura de la main une surface rebondie du mur. Aussitôt, l'huis monumental coulissa sur un rail avec un grincement effroyable.

— C'était pas plus difficile que ça, murmura-t-il. Allez, on repart.

Il s'apprêtait à reprendre le blessé dans ses bras quand tout à coup, une demi-douzaine de silhouettes, qui se tenaient dissimulées derrière la porte, surgirent.

— Pas un geste, hurla un grand brun au justaucorps argenté.

Vu les armes qu'ils pointaient sur eux, Blade et Baker s'exécutèrent. Chacun des hommes portait un véritable arsenal à lui tout seul. Blade laissa tomber son pistolaser pendant que deux ennemis désarmaient Baker.

*
* *

Galoonréha comprit que les hommes qu'elle avait vus passer en poussant un chariot de nourriture allaient l'apporter à des prisonniers. Ceux-ci devaient être les membres de l'équipage du vaisseau spatial capturé la veille. Des ennemis des Dhokariens, donc.

Pourquoi ne tenterait-elle pas de les délivrer ? Ils feraient d'excellents alliés, dans sa situation. Cependant, les portes secrètes n'étaient pas si nombreuses, dans Raaloc, et comme elle n'était jamais venue dans cette partie du bâtiment, Galoonréha n'avait aucune idée de la direction à prendre pour sortir.

Elle descendit de son promontoire rocheux, se dirigea à la suite des geôliers, revint sur ses pas en entendant un bruit, puis se réfugia dans une chambre où quelqu'un avait visiblement passé la nuit.

Par une fenêtre, elle se rendit compte qu'elle était à un étage assez élevé, aperçut la cascade dans la paroi rocheuse et les sentinelles dhokariennes déambuler dans les environs...

*
* *

Ronny Blade et William Baker furent dépouillés de tout ce qu'ils possédaient, puis deux gardes se chargèrent de transporter Elklad, tandis que les deux amis suivaient les autres dans un minuscule corridor. Ils sortirent à moins d'une dizaine de mètres de la cascade.

Eux qui voulaient évaluer le nombre d'ennemis à affronter furent servis. Ils en comptèrent une bonne trentaine en quelques secondes et leur effectif total était sûrement beaucoup plus important.

Le grand brun au justaucorps argenté s'entretint un instant avec un autre homme encore mal réveillé, puis Blade et Baker furent conduits à l'intérieur de la pyramide. Ils entrèrent par un énorme porche aux portes coulissantes. Les murs n'irradiaient aucune lumière et un système électrique conventionnel avait été installé. Ils se retrouvèrent dans une immense pièce au plafond soutenu par d'importantes colonnes finement ouvragées.

Ils reconnurent immédiatement le Dhokarien qui apparut soudain au milieu d'eux.

— Ronny Blade et William Baker ! s'écria le commodore Dooranko. Je vous annonce que tous vos amis, Sherwood, Nilson, Owens et l'ensemble de l'équipage du *Maraudeur* sont entre nos mains... J'espérais un peu que vous viendriez ici, car la perspective de vous faire rechercher sur toute la planète ne m'enchantait guère.

*
* *

L'officier marqua un temps d'arrêt, avant de reprendre :

— Vous êtes étonnés de me voir vivant, je présume ? Moins depuis que cette gourde de lieutenant M'lounrha a réussi votre « enlèvement », Baker !... Qu'est-elle devenue ?

Baker relata la fin tragique de M'lounrha. Dooranko parut encore plus furieux de la bêtise de son officier.

— A-t-elle eu le temps de vous expliquer la raison de notre présence ici, sur N'harangho... alors que vous pensiez, légitimement d'ailleurs, que nous avions tous péri sur Eileena, voilà trois ans ?

— Non, répondit Baker. Notre conversation a été fort brève. Elle m'a seulement laissé entendre que vous aviez survécu par le plus grand des hasards.

— C'est vrai, admit Dooranko.

Il offrit à Blade et à Baker de s'asseoir dans de profonds fauteuils, disposés en cercle autour d'une table basse. Lui-même s'installa dans l'un d'eux et trois Dhokariens restèrent en arrière, l'arme à la main, pour prévenir toute tentative de fuite des deux prisonniers.

Ronny Blade alluma une cigarette en se remémorrant les événements survenus sur Eileena. Le commodore Dooranko avait d'abord fait croire à la B & B, C° que sa planète, Dhokar, était en guerre contre la Fédération de Tol-Harn. Cette dernière avait pris l'avantage militaire et poursuivait leur vaisseau, *Le Trashlor*, qui avait trouvé refuge sur Eileena.

Cette version donnée par Dooranko, ajoutée aux charmes du lieutenant M'lounrha qui avait conquis Baker, et du capitaine Shtula-Parko qui avait jeté son dévolu sur Blade, les avait un instant abusés.

Mais très vite, ils s'étaient aperçus que les Dhokariens n'étaient pas à proprement parler francs du collier.

Puis, le commandant tolharnien Kotloon Ravzmood, à bord du *Bartzouk I*, avait — sous les yeux de nos héros — ouvert le feu et détruit *Le Trashlor*. Les Tol-Harniens, eux, étaient des gens extrêmement pacifiques, tandis que les Dhokariens, sanguinaires conquérants, avaient causé bien des morts dans leur patrie.

Et après les Dhokariennes, Blade et Baker — mais aussi Red Owens et Andy Sherwood — avaient eu le plaisir de goûter aux charmes des Tol-Harniennes...

Tout aurait pu aller pour le mieux sur la meilleure des Eileena si, peu après la destruction du *Trashlor* par les Tol-Harniens, les responsables de la B & B, C° n'avaient découvert que le commandant Kotloon Ravzmood et son bâtiment constituaient seulement l'avant-garde de centaines d'autres vaisseaux, réunis dans une formidable armada sous le commandement du général Bartzouk qui regroupaient également... les armées dhokariennes !

La destruction du *Trashlor* n'avait été qu'un leurre pour tromper la B & B, C°, afin de gagner du temps, afin que cette dernière ne mette pas la planète en état de défense et, surtout, ne donne pas l'alerte à la Confédération Interstellaire.

Car l'armada du général Bartzouk projetait ni plus ni moins que d'envahir celle-ci à partir d'Eileena. Et, juste avant le déclenchement de l'invasion, de faire place nette en éliminant Blade, Baker, leurs amis et une grande partie des autochtones.

Ils furent tous sauvés in extremis par les Galactiques, regroupement de races elles aussi confédérées, englobées dans une prodigieuse Hyperconfédération dépendant d'un Suprême Conseil galactique et qui contrôlait depuis des centaines de millénaires l'évolution des espèces pensantes de l'Univers.

Un corps expéditionnaire des Forces galactiques Unies avait en effet jugé bon d'intervenir dans le terrible conflit qui se préparait. Ronny Blade avait encore en tête les paroles du commandant Rell-Hylngo, chef du corps expéditionnaire galactique : « Ce sont, les uns et les autres (Les Dhokariens et les Tol-Harniens) des êtres particulièrement redoutables. Notre Conseil Suprême a même acquis la conviction que leur état-major interarmes, sourd à nos mises en garde, n'hésiterait pas à lancer un jour une offensive contre notre Hyperconfédération. »

Il s'en était suivi une vaste « opération de nettoyage » des légions de Bartzouk. Aucun de leur vaisseau n'en avait réchappé. Du moins, c'était ce que le commandant Rell-Hylngo et Blade et Baker avaient cru. Car le commodore Dooranko et son équipage avaient bel et bien, eux, survécu[1].

— Lors du terrible massacre des légions du général Bartzouk, nous étions dans l'espace, le médecin-lieutenant M'lounrha, le capitaine Shtula-Parko, une poignée de soldats et moi-même. A bord d'une navette de contrôle à longue distance, nous effectuions une mission d'observation dont nous avait chargés notre commandant en chef. Tout s'est passé très vite, vous le savez... Seuls survivants, nous n'avions plus alors que deux possibilités : nous rendre, et être jugés par le corps expéditionnaire galactique, ou bien nous enfuir. Nous avons choisi la deuxième solution.

1. *Les légions de Bartzouk*, déjà cité.

— Pourquoi n'êtes-vous pas rentrés chez vous, sur Dhokar ?

— A bord d'une simple navette d'observation, c'était impossible. Le trajet était beaucoup trop long et nous risquions de croiser la route d'un vaisseau qui n'aurait eu aucune difficulté à nous arrêter... Non, nous ne pouvions que nous poser sur une planète de votre Confédération Interstellaire et nous fondre dans la population. Nous avons opté pour une planète des zones marginales. C'est comme cela que nous sommes arrivés dans le secteur de la Queue de Gorbal. Notre navette a été prise dans les aberrations gravitationnelles et nous avons eu la chance de les traverser sans trop de dégâts. Nous avons découvert N'harangho et son peuple, enfermé dans Hrastorg.

Il marqua un temps de silence, savourant le rappel de la façon dont il avait mis la main sur la planète.

— Nous sommes entrés en contact avec Wranghoa, un des membres du Grand Conseil, et lui avons proposé de lui donner le pouvoir, puis d'être notre allié dans la recomposition de nos forces militaires. Il a tout de suite accepté.

— Et vous avez provoqué l'effondrement de la salle du Grand Temple, murmura Baker comme si cela allait de soi.

— Absolument... Wranghoa a commis l'imprudence de s'y trouver à ce moment-là et a bien failli y rester. Il s'en est fallu de peu, mais dans un sens, sa présence dans la salle le disculpait aux yeux de toute la population... Une fois qu'il a eu le pouvoir sur la nouvelle assemblée, il nous a fourni toute la main-d'œuvre nécessaire à l'exploitation des riches gisements de xiornium de la vallée de Raaloc.

« Ce minerai, qui n'avait aucun intérêt pour les

N'haranghiens, était en revanche indispensable à la construction des générateurs énergétiques permettant aux vaisseaux de la Confédération Interstellaire de fonctionner.

— Notre navette et cette extraordinaire richesse à notre entière disposition nous ont permis de recruter de nombreux mercenaires, dans votre Confédération, notamment parmi les membres de la florissante firme commerciale Blade & Baker Import-Export Company. C'est ainsi que nous avons pu, durant près de trois ans, acheter et nous faire livrer discrètement tout l'armement dont nous avions besoin. Il a fallu un malencontreux hasard pour que le colonel Rheim Ghi ait vent du trafic... Puis vous-mêmes.

— Qu'allez-vous faire de cet armement ? s'inquiéta Blade. Conquérir notre Confédération ? Cela me semble tout à fait utopique.

— Pas dans l'immédiat, en tout cas... Mettez-vous un instant à notre place, au médecin-lieutenant M'lounrha, au capitaine Shtula-Parko et à moi-même... Quelle était notre situation, à nous, rescapés de la plus lamentable défaite militaire de Dhokar et de Tol-Harn ? Sur Dhokar, j'avais été un des plus farouches partisans de cette guerre de conquête qui se soldait par des centaines de milliers de morts. Si nous étions retournés sur notre planète, nous aurions probablement été jugés et condamnés. Vous avez une vieille expression : malheur aux vaincus !... Tout retour dans notre patrie était exclu. Nous devions reconstituer une force militaire importante avant même d'y songer. Comme il ne nous est pas possible de la reconstituer à partir de Dhokar, ou même de Tol-Harn, nous reconstituons notre potentiel militaire avec vos techniques. Les revenus fabuleux que nous procure le xornium me laissent espérer que d'ici moins de cinq ans je serai à la tête d'une nouvelle légion de plus de cent vaisseaux de guerre. Avec eux, je pourrai retourner sur Dhokar et prendre le pouvoir. Facilement. Car après l'écrasement des légions de Bartzouk, le Suprême Conseil galactique a obligé les gouvernements de Dhokar et de Tol-Harn a détruire leur potentiel militaire. Sans aide extérieure, ils mettront des centaines d'années à le reconstituer.

Tout en parlant, Dooranko s'exhaltait :

— Aux commandes d'une centaine de vaisseaux de combat, je conquerrai Dhokar, Tol-Harn et les dizaines de planètes mineures qui composaient l'Alliance Sacrée dont le général Bartzouk a été le commandant en chef interarmes.

Baker haussa les épaules :

— Le Suprême Conseil galactique vous en empêchera. Pourquoi vous laisserait-il reconstituer une menace militaire similaire à celle qui l'avait obligé à intervenir lui-même pour prévenir toute agression future de votre part ?

Dooranko eut un sourire triomphant :

— Depuis trois ans, vous pouvez l'imaginer, les choses ont bien changé, au sein de l'Hyperconfédération galactique. Elle est en difficulté, des dizaines de planètes se sont révoltées contre le Suprême Conseil galactique... Aujourd'hui, sa force militaire n'est plus que l'ombre de ce qu'elle a été et, d'après mes informations, les forces de l'Hyperconfédération risquent de devoir mater une formidable guerre civile.

Le commodore Dooranko semblait tellement sûr de lui que Blade et Baker craignirent qu'il ait dramatiquement raison.

Blade détourna la conversation pour demander :

— C'est vous qui avez blessé Elklad ?

— Oui. Nous avions réussi à le capturer lors de son arrivée dans la vallée de Raaloc, mais il nous avait ensuite échappé.

Il y eut un silence, puis Blade lança :

— De toute façon, vous avez rompu votre alliance avec Wranghoa.

— Quelle importance ? Celui-ci a déjà un successeur, même s'il l'ignore. Les prétendants pullulent. J'en ai autant que je veux et qui se contenteront, eux, du rôle de chef du Grand Conseil de N'harangho, sans vouloir mettre leur nez dans mes affaires.

— Et le colonel Rheim Ghi, il est encore en vie ? s'informa Blade.

— Bien sûr... (Dooranko se leva)... Venez, nous allons le rejoindre.

Il fit un geste à ses hommes et le groupe se dirigea vers un escalier en colimaçon. Ils descendirent deux étages, puis gagnèrent par un couloir étroit une cellule à l'intérieur de laquelle le colonel des Forces spatiales était allongé sur un bat-flanc. Il ne bougeait pas. Baker fronça les sourcils :

— Que lui avez-vous fait ?

— Le colonel s'est lui-même plongé dans un sommeil cataleptique afin d'échapper au sondeur psychique auquel j'allais le soumettre.

— Et nous, quel sort nous réservez-vous ? le coupa Blade.

— Vous allez devenir mes alliés, répondit Dooranko d'un ton amusé, tandis qu'un sourire se peignait sur son visage.

— Vous plaisantez, je suppose ?

— A vous de choisir. Me servir et sauver ainsi votre vie et celle de votre équipage... ou mourir ! Dès lors que le colonel Rheim Ghi avait découvert les livraisons clandestines de matériel militaire qu'effectuait *La Mandragore*, il me fallait songer à trouver un autre vaisseau... Mais puisque vous êtes venus vous jeter dans mes bras, il est beaucoup plus simple et plus... efficace que vous organisiez vous-même ce trafic. Vous repartirez donc dès que les réparations du *Maraudeur* seront terminées, achèterez pour mon compte tout ce dont j'ai besoin et reviendrez au plus tôt me livrer.

Blade et Baker, incrédules, le regardaient en se demandant s'ils n'avaient pas affaire à un fou, mais Dooranko ajouta :

— Bien sûr, Red Owens, Andy Sherwood, Chuck Nilson et vous deux aurez chacun une minuscule ampoule d'olium greffée dans le cerveau. Cela m'assurera votre fidélité.

Il éclata de rire, tandis que les visages des deux prisonniers exprimaient toute l'horreur que leur inspirait ce chantage ignoble.

Le rire du commodore Dooranko se figea lorsque le sol se mit à trembler. Un instant, l'incrédulité et la fureur avaient remplacé son sourire carnassier.

La secousse se prolongea et il fut déséquilibré, ainsi que Blade et Baker et les trois soldats qui les surveillaient.

— Que se passe-t-il ? hurla Dooranko.

— Je ne sais pas, c'est la première fois que cela a lieu ! répondit un de ses hommes.

— Trouvez-moi immédiatement la cause de ce séisme. Est-il naturel ou sommes-nous attaqués...

Les Dhokariens quittèrent la cellule en laissant Blade et Baker en compagnie du colonel Rheim Ghi, toujours plongé dans son sommeil cataleptique.

— Le moins qu'on puisse dire, Ron, c'est que l'avenir ne se présente pas sous une perspective follement réjouissante ! maugréa Baker.

*
* *

Le tremblement de terre coïncida avec le moment où deux Dhokariens venaient rechercher le chariot de nourriture dans la cellule d'Andy Sherwood et de Chuck Nilson. Les geôliers, surpris, chancelèrent. Sherwood, assis sur une couchette de relaxation, réagit avec une rapidité foudroyante.

Il plongea sur le Dhokarien qui tenait le pistolaser, lui administra une manchette sur le poignet afin de lui faire lâcher l'arme, puis l'assomma d'un coup de boule en plein visage, tandis que Chuck Nilson shootait magistralement dans le bas-ventre du second Dhokarien, avant de l'empoigner par les cheveux pour lui fracasser le crâne contre le mur de la cellule.

Sherwood ramassa le pistolaser de sa victime et tira dans le même mouvement sur un troisième Dhokarien qui pointait son nez à la porte entrouverte de la cellule.

L'homme s'effondra avec un cri rauque.

— Et voilà le travail ! se complimenta Sherwood. L'est encore agile, le vieux Andy, pas vrai, Chuck ?

— On a l'âge de ses artères, répondit celui-ci qui récupérait lui aussi un pistolaser sur l'homme qu'il avait neutralisé.

Ils quittèrent la cellule, fermèrent derrière eux et s'avancèrent dans le couloir en se demandant bien quelle direction ils devaient prendre. C'est ainsi qu'ils tombèrent face à face avec Galoonreha.

— Vous vous êtes échappés ? s'exclama la jeune fille.

— Redoutable perspicacité ! concéda Sherwood... Qui êtes-vous ?

— Galoonreha, la fille de Rentoonreha .

— Inconnu au bataillon.

— Moi, je sais que vous êtes ennemis des Dhokariens. Je le suis également et je venais vous délivrer... Venez, ne nous attardons pas ici.

Une nouvelle secousse se produisit et ils durent tous les trois, bras étendus, prendre appui contre les murs pour ne pas tomber.

*
* *

Blade et à Baker trompaient le temps en fumant. Ils ressassaient les possibilités de renverser la situation à leur avantage, dans un avenir proche, mais n'en trouvaient pas beaucoup.

— Blade... Baker...

D'abord, ils crurent se tromper, puis comprirent que le colonel Rheim Ghi leur parlait. C'était à peine audible. Ils se levèrent et l'officier indiqua, dans un souffle à peine audible :

— Il y a sûrement des caméras et des micros. Approchez-vous comme si vous vouliez m'examiner.

Blade et Baker se penchèrent au-dessus de lui. Pas un trait de son visage ne bougea lorsqu'il articula, toujours dans un souffle :

— Ce qu'ils ignorent, c'est qu'il m'est possible de sortir ou de rentrer en sommeil cataleptique à ma guise. C'est une nouvelle technique pour laquelle nous n'avons pas fait de publicité.

Soudain, un nouveau séisme jeta Blade à terre et Baker se cramponna au bat-flanc. La secousse dura un peu plus longtemps que la précédente, et de nouvelles vibrations secouèrent le bâtiment.

— Nous sommes dans une région volcanique ? s'enquit Rheim Ghi.

— Je l'ignore, mais en tout cas, ce n'est sûrement pas une attraction prévue pour nous distraire, répondit Blade. La première secousse a beaucoup inquiété le commodore Dooranko.

Le sol semblait rouler en courtes vagues mouvantes sous les pieds des trois hommes. Rheim Ghi quitta précipitemment son bat-flanc au moment où des craquements sinistres se faisaient entendre. Le mur de droite s'ouvrit sur plus d'un mètre, une crevasse énorme, certes, mais malheureusement insuffisante pour leur permettre de se faufiler.

Sols, murs et plafonds craquaient, la poussière des murs vénérables commençait à envahir l'étroite cellule...

Le seul espoir des trois prisonniers était qu'une crevasse plus importante que les autres leur ouvre un chemin vers la liberté, si toutefois le plafond avait l'amabilité d'attendre cet événement avant de s'effondrer sur eux.

CHAPITRE IX

— Ça se calme, on dirait, fit le colonel Rheim Ghi.

Ils avaient compté sept secousses consécutives et très rapprochées. Ron, Will Baker et l'officier des Forces spatiales se relevèrent, un peu groggies, au milieu d'un nuage siliceux qui déclencha des quintes de toux effroyables. Le système d'éclairage en avait pris un sérieux coup et ils étaient plongés dans une semi-obscurité. Un peu de lumière orangée provenait de l'étage supérieur. Tout un pan du plafond s'était effondré, à moins de deux mètres de l'endroit où ils se trouvaient.

Le bat-flanc sur lequel avait reposé Rheim Ghi était à moitié arraché du mur. Blade, grimaçant, tira dessus de toutes ses forces et parvint à faire sauter la dernière attache.

Rheim Ghi avait du mal à se tenir debout. Il n'était pas blessé, mais était resté trop longtemps en sommeil cataleptique et dut effectuer quelques mouvements d'assouplissement. Le rétablissement de la circulation sanguine était extrêmement douloureux.

Blade posa le bat-flanc en équilibre sur les éboulis afin de permettre au colonel d'atteindre plus aisément l'étage supérieur.

— Nous avons eu un avant-goût de l'Apocalypse, ma parole ! Comment vous sentez-vous, mon colonel ?

— Ça ira. Passez les premiers, vous m'aiderez à monter.

Blade se demanda comment les Dhokariens et leurs alliés avaient supporté le cataclysme. L'homme, dans la pièce au-dessus de leur cellule, n'avait pas eu leur chance. Il était tombé au pied de son télévisionneur, la tête écrasée par un énorme panneau de rétoglass.

Tout de suite, Blade s'approcha de l'appareil, mais il était détruit. L'écran avait volé en éclats, la moitié des touches étaient écrasées. Seul le clignotement d'un voyant de contrôle orangé perçait avec difficulté l'atmosphère quasiment irrespirable qui régnait dans la pièce.

Blade aida Baker à hisser le colonel, puis chercha en vain une arme sur le cadavre du Dhokarien.

Tous les trois sortirent dans le couloir, plongé dans l'obscurité. Il leur fut difficile de trouver leur chemin, mais ils parvinrent tout de même à l'escalier en colimaçon menant au rez-de-chaussée.

— Attention, colonel, on vient.

Des pas résonnaient devant eux. Trois personnes au moins, munies de torches électriques. Ils refluèrent précipitamment dans la pièce qu'ils venaient de quitter et cherchèrent ce qui pourrait leur servir d'armes.

A première vue, rien, dans la pièce, ne pouvait servir leurs desseins. Ils attendirent donc plaqués contre le mur.

— Si personne n'entre, nous filerons aussitôt après leur passage, lança Blade sans trop y croire.

Effectivement un Dhokarien se profila dans l'entrée. Par chance, ses compagnons ne le suivaient pas. Blade se rua pour lui plaquer une main sur la bouche, tandis que, de l'autre, il plaçait une prise au niveau des vertèbres cervicales. L'homme se débattit quelques secondes, puis, après un craquement funèbre, et il se fit mou.

— Un de moins !

Il récupéra son pistolaser. Armé, il se sentait un autre homme. Le colonel Rheim Ghi se pencha sur le mort et s'empara de sa torche électrique.

— Ses compagnons sont descendus à l'étage inférieur.

En prenant gardé ne pas faire de bruit, ils gagnèrent un escalier où l'officier des Forces spatiales s'engagea le premier. Il monta quelques marches, puis prévint :

— Attention, un éboulement.

Et quel éboulement ! C'était à peine si l'escalier était encore praticable. La pyramide, vestige de la fabuleuse civilisation de N'harangho, avait beaucoup souffert du tremblement de terre.

— Vous avez une idée précise du chemin à prendre ? s'enquit le colonel en se tournant vers eux.

Blade et Baker n'eurent pas le loisir de répondre. Brutalement, les secousses reprirent, les jetant les uns contre les autres.

— Il faut avancer, vite ! hurla le colonel.

Ils ne demandaient que cela, eux, c'était le sol qui ne voulait pas ! A chaque pas, ils croyaient s'étaler et devaient se tenir aux murs, eux-mêmes agités de frissons. Soudain, ils entendirent un ordre, crié par une voix qu'ils identifièrent instan-

tanément : celle du commodore Dooranko :
— Evacuation immédiate !
Le chef dhokarien se trouvait en face d'eux. Rheim Ghi s'élança, sans s'occuper de la pyramide en train de s'écrouler. Blade et Baker auraient sans doute préféré fuir avec les Dhokariens, qu'il croisaient désormais dans tous les sens, et dont aucun ne leur prêtait la moindre attention. C'en était vexant, cette indifférence à leur égard.
Rheim Ghi se jeta sur le chef dhokarien. Les deux hommes se battaient avec acharnement. Ronny et Will s'apprêtaient à intervenir, mais le premier reçut une pierre sur l'épaule et s'écroula. Tout se passa alors si vite que le fil des événements leur échappa. Blade se dégagea tant bien que mal, se releva et, instinctivement, entra dans la première pièce venue en quête d'un illusoire abri.
Cette pièce — un bureau — était éclairé par la lumière du jour, mais là aussi le plafond commençait à s'effondrer sur le sol et Blade ne voyait aucune issue praticable.
La poussière devenait de plus en plus épaisse. Il plaqua un morceau de tissu sur la bouche, pour respirer. Il avait atrocement mal à l'épaule et, brusquement, tout le plafond au-dessus de lui s'écroula...

*
* *

Galoonreha avait mené Andy Sherwood et Chuck Nilson dans un réduit où elle avait fait pivoter tout un pan de mur, découvrant ainsi un escalier étroit. Ils le descendirent longtemps, avant d'arriver à une pièce où les attendait un vieillard.
— Rentoonreha, mon père, présenta-t-elle.

L'endroit était une sorte de caveau, comportant deux issues. Des machines sophistiquées y étaient installées. Elles semblaient très anciennes et le temps avait laissé des traces visibles.

— J'ai commencé la destruction du Temple de Raaloc, déclara le vieil homme.

— Je sais, lui répondit sa fille. Nous avons perçu les secousses. Ce doit être effroyable, là-haut.

Une expression cruelle traversa le visage du vieillard :

— Il y a déjà beaucoup de morts. Les Stourmis prennent la fuite. Nous allons bientôt en être débarrassés.

— Ils reviendront, dit la jeune femme.

— S'ils reviennent, nous les chasserons à nouveau. Ils sont impuissants contre nos techniques. Ils devront de toute façon quitter N'harangho car ils sont devenus les ennemis du Nouveau Gouvernement de Hrastorg.

— Ronny ? Et Will ? s'inquiéta Sherwood.

— Les Stourmis les avaient enfermés dans la cellule où se trouvait déjà le colonel Rheim Ghi.

Le vieil homme retint ses paroles quelques secondes :

— Je... J'ignore ce qu'ils sont devenus. Peut-être ont-ils gagné une sortie.

— Vous n'en êtes pas certain ?

L'homme secoua la tête :

— Plusieurs étages du Temple se sont effondrés, désormais, le système de vidéo interne est inutisable.

Il désigna une boule d'environ un mètre de diamètre, posée sur un trépied. Cette matière laiteuse et satinée luisait faiblement dans la pénombre. Encore un artefact inconnu de Sherwood et Nilson.

— Il faut que vous le sachiez, reprit Rentoonreha,

j'ai passé un… accord avec Ronny Blade. Il lutte contre les Dhokariens et leurs alliés. Ils étaient, jusqu'à peu, les alliés du Nouveau Gouvernement de Hrastorg.

Sherwood et Nilson ignoraient tout des événements qui avaient suivi leur enlèvement et tentaient de comprendre la situation.

— J'avais décidé de tenir éloigné Ronny Blade de la vallée de Raaloc pour en finir seul avec les Stourmis qui s'y étaient installés, mais lui et William Baker ont obligé mon serviteur à les conduire ici. Je ne suis pas responsable de ce qui a pu leur arriver.

— Ron et Will sont peut-être blessés, intervint Chuck Nilson. Il faut leur porter secours.

— Lorsque tous les Stourmis auront quitté le Temple, nous remonterons, pas avant.

— Et mon frère ? questionna Galoonreha.

— Marlek s'en occupe. Il a été transporté dans une pièce du sous-sol du temple. Je me suis arrangé pour préserver cette partie-là.

Sherwood, tout comme Nilson, commençait à penser que les probabilités de survie de leurs amis étaient très sérieusement hypothéquées !

— Comment avez-vous réussi à provoquer ces tremblements de terre ? s'enquit-il.

— J'ai remis en marche une machine de l'ancien temps. Une arme redoutable, capable de faire exploser un stork en plein vol. Je l'ai dirigée contre le Temple de Raaloc. C'était le seul moyen d'obliger les Stourmis à partir.

— On vient, murmura sa fille.

La deuxième issue du caveau était masquée par un épais rideau rouge qui s'écarta sur Marlek. L'intendant du palais déclara d'une voix désespérée :

— Maître Elk... lad est... Il est mort !

Un temps, puis il reprit d'une voix chevrotante :

— Ce... Ce sont ses blessures avec l'arme des... des Stourmis. Il n'a pas survécu !

*
* *

Un seul centimètre carré du corps de Ronny Blade avait-il été épargné ? Il n'aurait pas parié le plus petit platino-crédit là-dessus ! Dès qu'il reprit connaissance, il chercha à se relever, opération qu'il accompagna de jurons et râles douloureux, manquant s'évanouir de nouveau à chaque mouvement.

Toute cette agitation créait par ailleurs une poussière phénoménale. Il ne se souvenait pas avoir autant pleuré, ni avoir jamais tant souffert de la soif.

Il parvint à redresser son buste, puis à avancer une main jusqu'à sa jambe droite pour extraire une poutre. Une chance, elle était tombée à cheval sur des pierres et l'avait plus ou moins protégé. Son autre jambe, en revanche, avait été profondément touchée. Le cuir de sa botte était ouvert sur plus de vingt centimètres et il apercevait son tibia sanglant. Quand il tenta de bouger son membre, il retint un hurlement de souffrance.

Petit à petit, avec la patience de ceux qui n'ont pas le choix et malgré des vertiges tenaces, il dégagea son mètre quatre-vingts des décombres et, moitié en se traînant, moitié en clopinant, atteignit le couloir où le colonel Rheim Ghi s'était battu avec le commodore Dooranko.

Les innombrables fissures dans les murs écroulés permettaient à la lumière du jour d'éclairer l'intérieur de la pyramide. Une poussière dorée flottait dans les rayons lumineux qui pénétraient les ruines de l'orgueilleuse construction. De-ci, de-là, des jambes, des corps entiers ou des têtes surgissaient d'entre les pierres. Macabre spectacle, surtout avec l'appréhension de finir par reconnaître le colonel ou son ami Baker au milieu de ce carnage.

— Will… ?… Will ?… Colonel ?

Ronny Blade avançait péniblement en se servant à peine de son bras gauche dont l'épaule ressemblait à un étal de boucher. Et encore, d'un boucher maladroit ! Il gagna ainsi l'escalier en colimaçon.

Il avait été en partie épargné. Il n'y traînait aucun cadavre. Ce n'était pas le cas au rez-de-chaussée. L'hécatombe y était aussi effrayante. Entendant des voix, il chercha à se dissimuler derrière un pilier intact.

Il ne fut pas assez rapide. Des hommes surgirent devant lui et braquèrent leurs armes. Il ne s'agissait pas de Dhokariens, mais de deux Hradjarks. La surprise lui fit ouvrir des yeux ronds. Vu son état, les deux policiers ne risquaient rien à s'approcher. Ils l'empoignèrent sans trop de brutalité et le transportèrent hors de la pyramide.

Toute l'armée de Hrastorg était là ! Elle s'était rendue maîtresse des lieux et tenait en respect les Dhokariens survivants. Une vingtaine, visiblement accablés par le désastre.

Les deux Hradjarks ne conduisirent pas Blade au milieu d'eux, mais aux côtés de William Baker et du colonel Rheim Ghi, qui s'avancèrent pour le soutenir.

— Tu ne sembles pas au meilleur de ta forme, plaisanta Baker.

— Vous deux, ça a l'air d'aller… Vous ne vous faisiez pas du souci pour moi au moins ?

— Du souci, tu peux le dire ! Surtout que, ce monsieur-là, a de la peine à admettre que nous ne sommes pas complices des Dhokariens.

Le « monsieur » en question était Wranghoa, le chef du Nouveau Conseil.

*

* *

A l'annonce de la mort de son fils, Rentoonreha s'était évanoui ; sa fille et Marlek lui injectèrent aussitôt un liquide rouge que le vieillard conservait dans une de ses poches.

Andy Sherwood et Chuck Nilson, inquiets pour leurs amis, décidèrent de remonter dans le temple afin de leur porter secours. Ils s'en allèrent discrètement par où avait surgit l'intendant, traversèrent une pièce minuscule, entrepôt de machines inconnues, et parvinrent à un escalier qu'ils escaladèrent en courant.

Cet escalier les conduisit au premier étage du Temple ; ils effleurèrent une pierre à la hauteur de leur visage, ainsi qu'ils l'avaient vu faire à Galoonreha, et tout un pan de mur pivota.

Ils pénètrèrent alors dans un bureau qui avait été celui du commodore Dooranko.

La première chose qu'ils aperçurent fut un télévisionneur, encastré dans un meuble de rétoglass. Andy Sherwood s'approcha de l'appareil et enclencha la mise en marche sous alimentation indépendante. Fort heureusement, l'écroulement d'une grande partie du bâtiment n'avait pas endommagé l'appareil.

Il pianota un message codé sur la longueur d'ondes du port spatial d'El'hiaxorni qu'il connaissait par cœur. Quelle que fut la distance de

N'harangho, le message, adressé aux Forces spatiales, serait capté :

Colonel Rheim Ghi en danger sur la planète non répertoriée N'harangho ; a été enlevé mercenaires solde Dhokariens qui disposent ici base importante avant entrer conflit avec N'haranghiens.

N'harangho situé au-delà Queue Gorbal où Dhokariens ont découvert passage à travers perturbations gravitationnelles.

Laisse télévisionneur branché pour guidage. Signé Andy Sherwood, de la B & B, C° dont bâtiment principal, Maraudeur, *actuellement accidenté sur N'harangho.*

Andy Sherwood et Chuck Nilson allaient quitter le bureau pour partir à la recherche de leurs amis, quand Galoonreha apparut, braquant sur eux un fusil au canon évasé :

— Que faites-vous ici ? s'écria-t-elle.

— J'ai expédié un SOS aux Forces spatiales d'El'hiaxorni. Bientôt, on nous portera secours.

La fille du vieux dirigeant pâlit et articula d'une voix sèche :

— Vous n'aviez pas le droit !

— Mais...

— Revenez avec moi... Attention, au moindre geste que je pourrais mal interpréter, je n'hésiterai pas à tirer.

Les deux hommes obtempérèrent. La jeune femme les ramena auprès de son père qui semblait aller un peu mieux. Sa fille lui rapporta qu'un message avait été expédié sur une autre planète pour demander des renforts et le vieillard jura.

— Pourquoi craignez-vous tant l'intervention des Forces Spatiales ? Vous aviez passé un accord avec Ronny Blade et...

D'une voix affaiblie, Rentoonreha répondit :

— J'ai aidé votre ami parce qu'il combattait les étrangers du Temple de Raaloc, mais jamais je ne permettrai que votre Confédération vienne conquérir mon monde.

Sherwood et Nilson comprirent qu'il leur était inutile d'insister sur ce point.

— Ron et Will sont sûrement en danger, rappela Nilson. Il faut aller à leur recherche.

— Vos amis n'ont pas péri dans l'écroulement du Temple de Raaloc, annonça le vieillard... (Il s'adressa à sa fille.) Regarde, Wranghoa et les Hradjarks sont ici !

Galoonreha s'approcha de la boule qui offrait désormais une vue sur l'extérieur du temple ; la jeune fille manipula un levier pour grossir l'image. Sherwood et Nilson aperçurent en même temps qu'elle Ronny Blade et William Baker, en compagnie du colonel Rheim Ghi.

— Je n'ai plus le choix, articula-t-il. Il en va désormais de l'indépendance de N'harangho.

*
* *

Wranghoa, entouré de tous ses chefs militaires, donna des ordres pour que les Hradjarks investissent le site de fond en comble

— Ron !

Loo, qui venait de sortir d'un stork, courait avec des yeux enamourés vers lui et l'embrassa avec fougue, malgré la couche de poussière dont il était recouvert. Tout de suite, elle s'inquiéta de ses blessures et se proposa pour le soigner.

Wranghoa et un autre homme s'approchèrent du groupe. Blade ne l'avait jamais vu qu'endormi, lorsque Mel Simpson avait tenté de l'enlever.

Eveillé, le chef du Grand Conseil de Hrastorg en imposait.

En revanche, il mit quelques secondes à se remémorer en quelles circonstances il avait vu l'homme qui se tenait à ses côtés, puis cela lui revint brusquement : il s'agissait du garde qui avait tenté de l'intercepter lorsqu'il cherchait le bureau de Wranghoa, dans le palais du Grand Conseil.

Le reconnaissant également, l'homme hocha la tête :

— C'est bien lui... Il voulait me forcer à le conduire jusqu'à vous.

Le dirigeant hocha la tête :

— Vous avez empêché mon enlèvement, la nuit dernière. Plusieurs témoignages me l'ont confirmé, notamment ceux des deux Stourmis que vous avez laissés inconscients dans mon bureau. (Il désigna ensuite Loo.) Cette jeune fille, découverte dans les sous-sols du Palais Céhnjior, m'a aussi confié que vous aviez l'intention de me contacter pour lutter contre les Dhokariens. Je ne peux donc vous assimiler, vous et vos amis, à ces derniers.

— Ah, le bonheur ! s'exclama Baker.

Un temps, puis l'homme poursuivit :

— Loo m'a dit également que Rentoonreha, l'ancien chef du Conseil, était en vie... Où est-il ?

— Ça, mystère ! répondit Blade.

Mystère qui n'eut pas le temps de s'épaissir, puisque Marlek apparut brusquement, s'extirpant d'une crevasse, dans le bas de la façade du Temple. Les traits ravinés par le fatigue et l'émotion, il s'avança pesamment en direction de Wranghoa. La mort d'Elklad et les événements de ces dernières vingt-quatre heures avaient laissé des traces indélébiles sur le visage du vieux serviteur.

Arrivé devant le chef du Grand Conseil, il

déclara :

— Maître Rentoonreha a chassé les Stourmis du Temple de Raaloc, grâce aux techniques de la grande civilisation de N'harangho que l'on croyait à jamais disparues. Désormais, il en est le dépositaire !

Ronny Blade n'eut pas l'occasion d'en entendre davantage. Brusquement, le sol se mit à tourner autour de lui et il entraîna Loo dans sa chute. Baker se pencha immédiatement pour l'examiner :

— Il est seulement évanoui, dit-il, mais il a besoin de soins urgents.

Wranghoa donna les ordres en conséquence.

*
* *

Tandis que l'on transportait Ron à bord d'un stork vers Hrastorg, le colonel Rheim Ghi et William Baker entendirent Marlek offrir à Wranghoa de le conduire jusqu'à son prédécesseur. Le chef du Grand Conseil hésita, tout d'abord, mais il fut convenu que l'entretien se déroulerait au rez-de-chaussée du Temple. Des Hradjarks s'empressèrent d'aller aménager un endroit au milieu des décombres.

Le colonel Rheim Ghi tenta vainement d'être présent, au nom de la Confédération Interstellaire, mais des Hradjarks le ramenèrent avec Baker dans la capitale.

Ils ne reçurent pas l'autorisation d'entrer en contact avec *Le Maraudeur* ; les Hradjarks leur indiquèrent seulement que les Dhokariens s'en étaient rendus maîtres.

Les deux hommes passèrent le reste de la journée et toute la nuit à récupérer, puis, dans la matinée du lendemain, des policiers vinrent chercher le colonel pour le conduire au Grand Temple de Hrastorg.

*
* *

Deux jours après ces événements dramatiques, William Baker rendit visite à Ronny dans l'hôpital où les N'haranghiens l'avaient installé. Il était venu deux fois par jour. La veille, Andy Sherwood et Chuck Nilson — que Rentoonreha avait « libérés » — l'avaient accompagné. Les deux hommes avaient rejoint Baker et Loo dans les appartements mis à leur disposition par le Grand Conseil.

Ronny Blade avait plus d'un point commun avec la momie de Ramsès II. Des pieds à la tête, il n'était qu'un seul bandage et ça le tiraillait de partout. Grattements, élancements...

Il venait de déjeuner, aidé par une infirmière fort jolie dont Loo s'était tout de suite montrée particulièrement jalouse...

Baker attira un fauteuil au chevet de son ami.

— Comment te sens-tu ?

— Mal, grogna Blade.

— Bah, la médecine des N'haranghiens est sophistiquée. J'ai vu qu'ils prenaient soin de désinfecter leurs instruments de chirurgie et qu'ils ont de quoi t'endormir, au besoin. S'il faut t'amputer, tu peux être confiant, tu ne souffriras pas tellement... Hé, Ron, ne t'évanouis pas, hé...

— Au lieu de débiter des bêtises, grogna-t-il, explique-moi plutôt comment le colonel et toi vous vous en êtes sortis, dans le Temple de Raaloc. Avant que tout ne dégringole, Rheim Ghi s'empoignait avec le commodore Dooranko.

— Quand les secousses ont commencé, les Dhokariens ont décidé d'évacuer les lieux, comme tu as pu le voir. Lorsque nous avons été séparés, j'ai cherché la sortie et fini par la trouver, mais l'armée n'haranghienne avait pris position à l'extérieur. Les Hradjarks avaient fini par découvrir les sous-sols du Palais Céhnjior et Loo leur avait appris suffisamment de choses pour décider Wranghoa à foncer vers la vallée de Raaloc. Quant au colonel, il s'en est tiré de justesse, ce qui n'a pas été le cas de Dooranko qui a disparu sous un éboulement, alors qu'il tentait de fuir... Le colonel et moi tentions de convaincre Wranghoa que nous n'étions pas des Dhokariens, ni leurs alliés, quand tu es arrivé, en mauvais état soit, mais encore suffisamment lucide pour confirmer nos dires.

— Et vous deux, vous vous en tirez sans une égratignure, s'insurgea Blade.

— Oui, mais en revanche, nous avons eu sérieusement peur pour toi, quand même, il faut en tenir en compte, ironisa Baker qui, bien loin de plaisanter, avait vécu des heures d'angoisse entre le moment où Blade avait réapparu et celui où il était sorti de la torpeur causée par les antalgiques.

— La prochaine fois, essaie d'être plus prudent...

Blade lui adressa un de ses regards les plus noirs, puis questionna :

— Et Sherwood ? Et Nilson ? Et les autres ?

— Andy et Chuck vont arriver. Ils font la grasse matinée. Rentoonreha et sa fille les avaient tirés d'affaire à l'intérieur du Temple. Quant à Red Owens et au *Maraudeur*, les Dhokariens s'en étaient rendus maîtres, mais le capitaine Shtula-Parko a négocié avec Red sa reddition, à condition qu'il s'engage à la déposer sur une planète de la Confédération. Elle ne tient à répondre de ses actes et de ceux du commodore Dooranko ni devant le

Grand Conseil arlstorien, ni devant le Suprême Conseil galactique.

— Red a accepté ?

— Oui. Shtula-Parko, une demi-douzaine de Dhokariens et autant de leurs alliés n'haranghiens, sont actuellement aux arrêts dans les soutes du *Maraudeur.* Wranghoa les a réclamés, mais nous avons refusé de les livrer. Le colonel Rheim Ghi nous a soutenus.

— Comment le Grand Conseil a-t-il réagi ?

— Nous lui avons fait remarquer que la puissance de feu du *Maraudeur,* même endommagé comme l'est actuellement notre vaisseau, est encore considérable et que si nous devions en arriver à un conflit, Hrastorg serait rayée de la planète. Par ailleurs, Andy et Chuck ont réussi, avant de quitter le Temple, à expédier un SOS aux Forces spatiales d'El'hiaxorni. Ils ont laissé le télévisionneur branché, ce qui a probablement permis à la Confédération de déterminer avec exactitude les coordonnées spatiales de N'harangho... Wranghoa est donc bien forcé de nous ménager.

Blade hocha la tête, puis demanda :

— Et Rentoonreha ?

— C'est lui a provoqué la destruction du Temple, grâce à une arme antique. Lui et son successeur se sont rencontrés, mais nous ignorons ce qui s'est décidé entre eux. Le colonel Ghi est ce matin même au Grand Temple où Wranghoa l'a fait appeler.

— Tu as dit au colonel que celui-ci avait été le complice des Dhokariens dans l'attentat qui avait coûté la vie à la quasi-totalité du Grand Conseil ?

— Oui, mais nous avons décidé de ne le révéler à personne d'autre. Wranghoa est probablement un salaud, mais si nous le dénonçons, ce sera la guerre civile et il renforcera son pouvoir dictatorial. Rheim Ghi est d'accord avec moi. Il vaut mieux oublier le passé et espérer que les échanges commerciaux, désormais inévitables entre N'harangho et la Confédération, faciliteront l'évolution politique de cette planète.

Blade admit que c'était l'attitude la plus sage. Baker eut encore le temps de lui apprendre la mort d'Elklad, avant l'arrivée du colonel Rheim Ghi, d'Andy Sherwood, de Chuck Nilson et de Red Owens.

— Paraît, lança Sherwood, que tes infirmières sont girondes à souhait. Quel veinard !

— Andy ! le tança Owens qui voyait entrer une infirmière, effectivement très belle et qui n'avait pu manquer de surprendre le compliment.

Owens, dont le visage avait viré au rouge écarlate, manqua s'étouffer de honte, mais l'infirmière sembla s'amuser des propos tenus, déposa le plateau où étaient disposés plusieurs verres et une bouteille, puis quitta la pièce en lançant un sourire complice à Sherwood.

— Dis donc, les hôpitaux de la Confédération devraient s'inspirer du fonctionnement de ceux de N'harangho ; c'est la première fois qu'on me sert à boire dans un tel lieu. Finalement, je me sens un peu patraque, conclut Sherwood en faisant mine d'être saisi d'une faiblesse.

Le colonel Rheim Ghi s'adressa à Blade :

— Nous vous avions cru mort, William et moi... Avec tout ce qui est tombé sur vous, c'est un miracle que vous vous en soyez sorti.

Tandis que Chuck Nilson servait à boire, il expliqua :

— Je sors du Grand Conseil où j'ai été reçu en même temps que Rentoonreha. La discussion a été difficile. D'abord, ils voulaient nous garder comme otages.

— Hein ? s'offusqua Sherwood.

— Pour quelles raisons ? s'enquit Baker.

— Pour qu'il ne prenne pas à la Confédération l'envie de conquérir N'harangho. Ils sont véritablement traumatisés par cette idée. (Il regarda Sherwood et Nilson.) Heureusement que vous aviez réussi à expédier un message aux Forces spatiales d'El'hiaxorni et qu'ils ignorent la puissance de feu réelle du *Maraudeur*. Sans cela, nous risquions bel et bien de finir nos jours sur cette planète.

— De toute façon, estima Owens, des vaisseaux de la Confédération auraient bien trouvé le moyen de traverser tôt ou tard ces aberrations gravitationelles de la Queue de Gorbal.

Rheim Ghi prit le verre qu'on lui tendait en remerciant d'un signe de tête. Tout le monde trinqua. L'officier but une longue gorgée avant de poursuivre :

— Je suis donc parvenu à leur faire entendre raison et, dès notre retour au sein de la Confédération, des ambassadeurs se rendront sur N'harangho afin de signer un traité de non-agression. De toute façon, les N'haranghiens n'ont pas grand-chose à craindre pour leur indépendance. Rentoonreha m'a fait quelques démonstrations de l'armement que possédaient ses ancêtres. Les rayons destructeurs de cette machine, qui a aux trois quarts détruit le Temple de Raaloc, sont très impressionnants. Par ailleurs, j'ai obtenu la liste des mercenaires, recrutés par les Dhokariens, dans la Confédération. Comme ils ne sont pas au courant des événements ici, j'aurai la joie d'un beau coup de filet.

— N'harangho aura donc un statut d'autonomie, continua Baker. Ce ne sera pas la seule planète dans ce cas.

— Comment se fait-il que la civilisation ait régressé sur N'harangho ? s'étonna Owens. Est-ce à cause de cette épidémie dont nous avait parlé Elklad ?

— Tout à fait. Des voyageurs de l'espace ont un jour ramené un virus sur la planète. L'épidémie a détruit une grande partie de la population. Les N'haranghiens n'ont plus osé effectuer de voyages dans l'espace et, petit à petit, en deux générations, leur population, saignée à blanc, s'est regroupée à l'intérieur de Hrastorg où la maladie n'est pas entrée. Jusqu'à il y a peu, les N'haranghiens craignaient qu'au-delà des murailles de la ville subsistent encore des foyers de contagion. C'est pour cette raison qu'ils ont laissé croître les Forêts de la Mort afin d'empêcher que l'on introduise dans Hrastorg des germes dangereux. Cela va changer, désormais. De toute façon, la Confédération apportera toute l'aide nécessaire à l'épanouissement de N'harangho.

— Ça n'explique pas, dit Blade, que les N'haranghiens aient perdu leurs anciennes techniques.

— Si, car les dirigeants de l'époque n'ont laissé pratiquement aucun équipement à Hrastorg. Ils avaient peur qu'un aventurier ne tente de prendre le pouvoir en profitant de la situation. Tous les matériels ont été regroupés dans le Temple de Raaloc. Rentoonreha pense que l'épidémie s'est déclarée parmi ceux qui étaient chargés de veiller sur ce dépôt, ne laissant aucun survivant. Il aura fallu des dizaines d'années de recherches pour les retrouver et comprendre, pour quelques-unes d'entre elles, leur fonctionnement.

— Une chose me chiffonne tout de même, intervint Sherwood. Rentoonreha détestait Wranghoa, il ne songeait qu'à lui filer des peaux de banane. Or, à vous écouter, ils sont désormais copains comme cochons.

— Face au « danger » que représente à leurs yeux l'ouverture sur la Confédération Interstellaire, l'ancien dirigeant n'a pas hésité à sacrifier ses ambitions politiques pour « sauver » sa planète. De toute façon, son fils est mort et sa santé n'est pas brillante. Il ne se donne plus tellement de temps à vivre et il a obtenu que sa fille entre au Nouveau Conseil de Hrastorg.

Le colonel Rheim Ghi ajouta :

— *La Mandragore*, le vaisseau de Mel Simpson, était en état de défense sur l'astroport de Hrastorg, avec une simple équipe de garde incapable de le ramener dans la Confédération. Dans les accords qui ont été passés entre Red Owens et le capitaine Shtula-Parko, il était convenu qu'elle nous livre ce vaisseau. Nous allons donc pouvoir revenir immédiatement dans la Confédération, avec les coordonnées exactes du passage au milieu des perturbations gravitationnelles sans attendre la fin des réparations du *Maraudeur*... J'ai pensé que vous aimeriez être du voyage, Ronny, et être confié aux bons soins des médecins de l'hôpital d'El'hiaxorni. Ils vous remettront sans doute plus rapidement sur pied que les médecins n'haranghien ?

— Evidemment.

— Ce n'est pas très gentil pour tes chouettes infirmières, estima Sherwood... Quel ingrat tu fais !

— Espèce d'obsédé ! lui jeta Owens, réprobateur.

CONTRAT SUR UN PASTEUR

FRÉDÉRIC CHARPIER

Dans **Contrat sur un Pasteur**, Frédéric Charpier s'insurge contre ces affaires qu'on étouffe, ces meurtres devenus ordinaires. Il démonte, rouage après rouage, le mécanisme qui a conduit la police secrète à l'irréparable.

Le héros de ce roman à clés n'est pas seulement le pasteur Jacques Delvaux, ni telle personnalité en vue du Tout-Paris dont on brisera la carrière. Ce sont surtout les Renseignements Généraux. L'auteur dresse une peinture réaliste des arcanes secrets de ce service tout-puissant, miné par les querelles intestines. Sur fond de ballet bleu, entrera en scène un entreprenant conseiller élyséen, homme sans scrupules, mais adroit manipulateur.

UNE AFFAIRE SCABREUSE... BAVURE MEURTRIÈRE AUX RENSEIGNEMENTS GÉNÉRAUX. LES COULISSES D'UN INCROYABLE IMBROGLIO POLITICO-POLICIER.

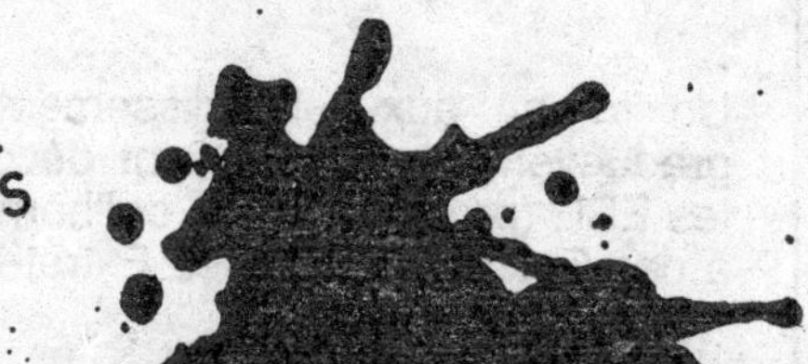

ROMAN VAUGIRARD

Achevé d'imprimer en août 1992
sur les presses de l'Imprimerie Bussière
à Saint-Amand (Cher)

N° d'imprimeur : 2403.
Dépôt légal : septembre 1992.

Imprimé en France